TRAVEL JAPAN

用中文

出國

溜日本語

──拿到手──

1秒就能秀日語

山田玲奈・賴美勝◎合著

U0079928

山田社
Shan Tian She

前言

出國容易，開口難嗎？

只要用對方法，

說日語就像說中文一樣簡單！

本書就是要您，

拿到手，1秒就能溜日語

零起點的您，有了金牌中文注音的日語入門書，出國容易，開口就更容易囉！去日本玩，就不要想太多啦！帶上這本，說走就走，任性出發吧！

日語50音是從中文演變而來的，而有許多日語的發音跟中文的發音是很接近的，也就是說只要用中文來注日語發音，然後多聽、多說，一樣可以把日語說得嚇嚇叫！本書特色有：

◆ 第1好用：有了中文注音，拿來就說，一說就會！

◆ 第2好用：羅馬拼音，會不會發音，都能順暢交流！

◆ 第3好用：旅遊必遇場景，該有的通通有！

◆ 第4好用：緊急情況要用的日語，旅遊更安心！

◆ 第5好用：替換單字，舉一反十，馬上套馬上用！

▼ 中日文發音對照表

說明一： 2個以上的中文拼音，下面有__（底線）時，
記得要把底線上的字，全部合起來唸成1個
音。例如：きく（聽）要唸成「克伊枯」喔！

說明二： 中文拼音之中，如果看到「ㄟ」的符號，表示
這裡要憋氣停一下。例如：まって（等一下）
要唸成「媽ㄟ貼」喔！

說明三： 中文拼音之中，如果看到「～」的符號，表示
這一個音，要拉長唸成2拍喔！常出現的組合
如下。例如：おかあさん（媽媽）要唸成「歐
卡～沙恩」喔！

目録

目錄

第四章 說說自己

① 自我介紹

② 介紹家人

③ 談天氣

④ 談飲食健康

目錄

目錄

Note

第一章
假名與發音

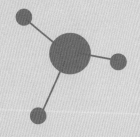

假名就是中國字

告訴你，其實日本文字「假名」就是中國字呢！為什麼？我來說明一下。日本文字假名有兩種，一個叫平假名，一個是叫片假名。平假名是來自中國漢字的草書，請看下面：

安→あ

以→い

衣→え

平假名「あ」是借用國字「安」的草書；「い」是借用國字「以」的草書；而「え」是借用國字「衣」的草書。雖然，草書草了一點，但是只要多看幾眼，就能知道是哪個字，也就可以記住平假名囉！

片假名是由國字楷書的部首，演變而成的。如果說片假名是國字身體的一部份，可是一點也不為過的！請看：

宇→ウ

江→エ

於→オ

　　「ウ」是「宇」上半部的身體，「エ」是「江」右邊的身體，「オ」是「於」左邊的身體。片假名就是簡單吧！

清音

日語假名共有七十個，分為清音、濁音、半濁音和撥音四種。

平假名清音表（五十音圖）				
あ a	い i	う u	え e	お o
か ka	き ki	く ku	け ke	こ ko
さ sa	し shi	す su	せ se	そ so
た ta	ち chi	つ tsu	て te	と to
な na	に ni	ぬ nu	ね ne	の no
は ha	ひ hi	ふ fu	へ he	ほ ho
ま ma	み mi	む mu	め me	も mo
や ya		ゆ yu		よ yo
ら ra	り ri	る ru	れ re	ろ ro
わ wa				を o
				ん n

片假名清音表（五十音圖）

ア a	イ i	ウ u	エ e	オ o
カ ka	キ ki	ク ku	ケ ke	コ ko
サ sa	シ shi	ス su	セ se	ソ so
タ ta	チ chi	ツ tsu	テ te	ト to
ナ na	ニ ni	ヌ nu	ネ ne	ノ no
ハ ha	ヒ hi	フ fu	ヘ he	ホ ho
マ ma	ミ mi	ム mu	メ me	モ mo
ヤ ya		ユ yu		ヨ yo
ラ ra	リ ri	ル ru	レ re	ロ ro
ワ wa				ヲ o
				ン n

濁音

日語發音有清音跟濁音。例如，か
[ka]和が[ga]、た[ta]和だ[da]、は[ha]
和ば[ba]等的不同。不同在什麼地方呢？
不同在前者發音時，聲帶不振動；相反
地，後者就要振動聲帶了。

濁音一共有二十個假名，但實際上
不同的發音只有十八種。濁音的寫法是，
在濁音假名右肩上打兩點。

濁音表				
が ga	ぎ gi	ぐ gu	げ ge	ご go
ざ za	じ ji	ず zu	ぜ ze	ぞ zo
だ da	ぢ ji	づ zu	で de	ど do
ば ba	び bi	ぶ bu	べ be	ぼ bo

半濁音

　　介於「清音」和「濁音」之間的是「半濁音」。因為，它既不能完全歸入「清音」，也不屬於「濁音」，所以只好讓它「半清半濁」了。半濁音的寫法是，在濁音假名右肩上打上一個小圈。

半濁音表				
ぱ pa	ぴ pi	ぷ pu	ぺ pe	ぽ po

第二章
寒暄一下

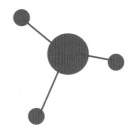

早安。

おはようございます。
ohayoo gozaimasu
歐哈悠～ 勾雜伊媽酥

你好。

こんにちは。
konnichiwa
寇恩尼七哇

你好（晚上見面時用）。

こんばんは。
konbanwa
寇恩拔恩哇

晚安（睡前用）。

おやすみなさい。
oyasuminasai
歐呀酥咪那沙伊

謝謝。

どうも。
doomo
都～某

再見

さようなら。
sayoonara
沙悠～那拉

先走一步了。
しつれい
失礼します。
shitsuree shimasu
西豬累～　西媽酥

那麼（再見）。

それでは。
soredewa
搜累爹哇

再見（Bye Bye）。

バイバイ。
baibai
拔伊拔伊

再見（Bye囉！）。

じゃあね。
jaane
甲～内

是。

はい。
hai
哈伊

對，沒錯。

はい、そうです。
hai, soo desu
哈伊，搜～　爹酥

知道了（一般）。

わかりました。
wakarimashita
哇卡里媽西它

知道了（較鄭重）。

かしこまりました。
kashikomarimashita
卡西寇媽里媽西它

知道了（鄭重）。

しょうち
承知しました。
shoochi shimashita
休～七　西媽西它

4 謝謝 **T-8**

謝謝。

ありがとうございました。
arigatoo gozaimashita
阿里嘎豆〜 勾雜伊媽西它

謝謝。

どうも。
doomo
都〜某

不好意思。

すみません。
sumimasen
酥咪媽誰恩

您真親切，謝謝。

ご親切にどうもありがとう。
goshinsetsu ni doomo arigatoo
勾西恩誰豬 尼 都〜某 阿里嘎豆〜

謝謝照顧。

お世話になりました。
osewa ni narimashita
歐誰哇 尼 那里媽西它

不客氣。

いいえ。
iie
伊～耶

不客氣。

どういたしまして。
doo itashimashite
都～ 伊它西媽西貼

不要緊。

だいじょう ぶ
大丈夫ですよ。
daijoobu desuyo
答伊久～布 爹酥悠

我才要感謝你呢。

こちらこそ。
kochira koso
寇七拉 寇搜

不要在意。

き
気にしないで。
ki ni shinaide
克伊 尼 西那伊爹

6 對不起　**T-10**

對不起。

すみません。
sumimasen
酥咪媽誰恩

失禮了。

失礼しました。
shitsuree shimashita
西豬累～ 西媽西它

對不起。

ごめんなさい。
gomennasai
勾妹恩那沙伊

非常抱歉。

申し訳ありません。
mooshiwake arimasen
某～西哇克耶 阿里媽誰恩

給您添麻煩了。

ご迷惑をおかけしました。
gomeewaku o okake shimashita
勾妹～哇枯 歐 歐卡克耶 西媽西它

不好意思。

すみません。
sumimasen
酥咪媽誰恩

可以耽誤一下嗎？

ちょっといいですか。
chotto ii desuka
秋ㄟ豆　伊〜　爹酥卡

打擾一下。

ちょっとすみません。
chotto sumimasen
秋ㄟ豆　酥咪媽誰恩

請問一下。

ちょっとうかがいますが。
chotto ukagaimasuga
秋ㄟ豆　烏卡嘎伊媽酥嘎

想問有關旅行的事。

旅行のことですが。
りょこう
ryokoo no koto desuga
溜寇〜　諾　寇豆　爹酥嘎

8 這是什麼 **T-12**

現在幾點？

今は何時ですか。

ima wa nanji desuka

伊媽 哇 那恩基 爹酥卡

這是什麼？

これは何ですか。

kore wa nan desuka

寇累 哇 那恩 爹酥卡

這裡是哪裡？

ここはどこですか。

koko wa doko desuka

寇寇 哇 都寇 爹酥卡

那是怎麼樣的書？

それはどんな本ですか。

sore wa donna hon desuka

搜累 哇 都恩那 后恩 爹酥卡

河川名叫什麼？

なんていう川ですか。

nante iu kawa desuka

那恩貼 伊烏 卡哇 爹酥卡

Note 我常用的寒暄句

中文　　　　　日文

第三章

基本句型

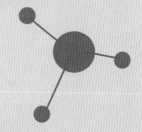

1 ～です。

（我、他、她、它）是 ⬚⬚⬚ 。

名詞＋です。
desu
爹酥

我是田中。

<ruby>田中<rt>た なか</rt></ruby>です。
tanaka desu
它那卡　爹酥

我是學生。

<ruby>学生<rt>が くせい</rt></ruby>です。
gakusee desu
嘎枯誰～　爹酥

替 換 看 看

林	李	山田	鈴木
<ruby>林<rt>リン</rt></ruby>	<ruby>李<rt>リー</rt></ruby>	<ruby>山田<rt>やま だ</rt></ruby>	<ruby>鈴木<rt>すず き</rt></ruby>
rin	rii	yamada	suzuki
里恩	里～	呀媽答	酥茲克伊

書	日本人	腳踏車	工作
<ruby>本<rt>ほん</rt></ruby>	<ruby>日本人<rt>に ほんじん</rt></ruby>	<ruby>自転車<rt>じ てんしゃ</rt></ruby>	<ruby>仕事<rt>し ごと</rt></ruby>
hon	nihonjin	jitensha	shigoto
后恩	尼后恩基恩	基貼恩蝦	西勾豆

② ～です。

是 ⬚ 。

數量＋です。
desu
爹酥

500日圓。

<ruby>500円<rt>ごひゃくえん</rt></ruby>です。

gohyakuen desu

勾喝呀枯耶恩 爹酥

20美金。

<ruby>20ドル<rt>にじゅう</rt></ruby>です。

nijuudoru desu

尼啾～都魯 爹酥

替 換 看 看

一千日圓	一萬日圓	一個	一張
<ruby>千円<rt>せんえん</rt></ruby>	<ruby>一万円<rt>いちまんえん</rt></ruby>	<ruby>一<rt>ひと</rt></ruby>つ	<ruby>一枚<rt>いちまい</rt></ruby>
senen	ichimanen	hitotsu	ichimai
誰恩耶恩	伊七媽恩耶恩	喝伊豆豬	伊七媽伊
一杯	兩支	一堆	12個
<ruby>一杯<rt>いっぱい</rt></ruby>	<ruby>二本<rt>にほん</rt></ruby>	<ruby>一山<rt>ひとやま</rt></ruby>	<ruby>12個<rt>じゅうにこ</rt></ruby>
ippai	nihon	hitoyama	juuniko
伊～趴伊	尼后恩	喝伊豆呀媽	啾～尼寇

③ ～です。

是很＿＿＿。

形容詞＋です。
desu
爹酥

很高。
<ruby>高<rt>たか</rt></ruby>いです。
takai desu
它卡伊 爹酥

很冷。
<ruby>寒<rt>さむ</rt></ruby>いです。
samui desu
沙母伊 爹酥

替 換 看 看

好吃	冰冷	困難	危險
おいしい	<ruby>冷<rt>つめ</rt></ruby>たい	<ruby>難<rt>むずか</rt></ruby>しい	<ruby>危<rt>あぶ</rt></ruby>ない
oishii	tsumetai	muzukashii	abunai
歐伊西～	豬妹它伊	母茲卡西～	阿布那伊

快樂	年輕	黑暗	快速
<ruby>楽<rt>たの</rt></ruby>しい	<ruby>若<rt>わか</rt></ruby>い	<ruby>暗<rt>くら</rt></ruby>い	<ruby>速<rt>はや</rt></ruby>い
tanoshii	wakai	kurai	hayai
它諾西～	哇卡伊	枯拉伊	哈呀伊

4 〜は〜です。

_____是_____。

名詞＋は＋名詞＋です。
 wa   desu
 哇   爹酥

我是學生。

私は学生です。
watashi wa gakusee desu
哇它西 哇 嘎枯誰〜 爹酥

這是麵包。

これはパンです。
kore wa pan desu
寇累 哇 趴恩 爹酥

替 換 看 看

父親 老師	姊姊 模特兒	哥哥 上班族
父／先生	姉／モデル	兄／サラリーマン
chichi sensee	ane moderu	ani sarariiman
七七 誰恩誰〜	阿内 某爹魯	阿尼 沙拉里~媽恩

他 美國人	那是 大象	那是 椅子
彼／アメリカ人	あれ／象	それ／いす
kare amerikajin	are zoo	sore isu
卡累 阿妹里卡基恩	阿累 宙〜	搜累 伊酥

29

5 ～の～です。

 的 。

名詞＋の＋名詞＋です。
no desu
諾 爹酥

我的包包。

<ruby>私<rt>わたし</rt></ruby>のかばんです。
watashi no kaban desu
哇它西 諾 卡拔恩 爹酥

日本車。

<ruby>日<rt>に</rt></ruby><ruby>本<rt>ほん</rt></ruby>の<ruby>車<rt>くるま</rt></ruby>です。
nihon no kuruma desu
尼后恩 諾 枯魯媽 爹酥

替換看看

妹妹 雨傘	姊姊 手帕	老師 書
<ruby>妹<rt>いもうと</rt></ruby>／<ruby>傘<rt>かさ</rt></ruby>	<ruby>姉<rt>あね</rt></ruby>／ハンカチ	<ruby>先生<rt>せんせい</rt></ruby>／<ruby>本<rt>ほん</rt></ruby>
imooto kasa	ane hankachi	sensee hon
伊某～豆 卡沙	阿内 哈恩卡七	誰恩誰～ 后恩

老公 電腦	義大利 鞋子	法國 麵包
<ruby>主人<rt>しゅじん</rt></ruby>／パソコン	イタリア／<ruby>靴<rt>くつ</rt></ruby>	フランス／パン
shujin pasokon	itaria kutsu	furansu pan
咻基恩 趴搜寇恩	伊它里阿 枯豬	夫拉恩酥 趴恩

6 ～ですか。

是 ___ 嗎？

名詞＋ですか。
desuka
爹酥卡

是日本人嗎？

日本人ですか。
にほんじん
nihonjin desuka
尼后恩基恩 爹酥卡

哪一位？

どなたですか。
donata desuka
都那它 爹酥卡

替換看看

台灣人	中國人	美國人	泰國人
タイワンじん 台湾人 taiwanjin 它伊哇恩基恩	ちゅうごくじん 中国人 chuugokujin 七烏~勾枯基恩	じん アメリカ人 amerikajin 阿妹里卡基恩	じん タイ人 taijin 它伊基恩

英國人	義大利人	韓國人	印度人
じん イギリス人 igirisujin 伊哥伊里酥基恩	じん イタリア人 itariajin 伊它里阿基恩	かんこくじん 韓国人 kankokujin 卡恩寇枯基恩	じん インド人 indojin 伊恩都基恩

❼ ～は～ですか。

是　　　嗎？
名詞＋は＋名詞＋ですか。
　　　　wa　　　　　desuka
　　　　哇　　　　　爹酥卡

那是廁所嗎？

トイレはあれですか。
toire wa are desuka
豆伊累 哇 阿累 爹酥卡

這裡是車站嗎？

駅はここですか。
えき
eki wa koko desuka
耶克伊 哇 寇寇 爹酥卡

替 換 看 看

出口 那裡	國籍 哪裡	籍貫，畢業 哪裡
出口／あそこ で ぐち	国／どこ くに	ご出身／どちら しゅっしん
deguchi asoko	kuni doko	goshusshin dochira
爹估七 阿搜寇	枯尼 都寇	勾咻ㄟ西恩 都七拉

寺廟 那裡	開關 那個	緊急出入口 這裡
お寺／そこ てら	スイッチ／あれ	非常口／ここ ひじょうぐち
otera soko	suicchi are	hijooguchi koko
歐貼拉 搜寇	酥伊ㄟ七 阿累	喝伊久～估七 寇寇

8 ～は～ですか。

　　　　　嗎？

名詞＋は＋形容詞＋ですか。
　　　wa　　　　　　desuka
　　　哇　　　　　　爹酥卡

這裡痛嗎？

ここは痛いですか。

koko wa itai desuka

寇寇 哇 伊它伊 爹酥卡

車站遠嗎？

駅は遠いですか。

eki wa tooi desuka

耶克伊 哇 豆～伊 爹酥卡

替 換 看 看

北海道 寒冷	老師 年輕	這個 好吃
北海道／寒い	先生／若い	これ／おいしい
hokkaidoo samui	sensee wakai	kore oishii
后ㄟ卡伊都~ 沙母伊	誰恩誰~ 哇卡伊	寇累 歐伊西~

價錢 貴	房間 整潔	皮包 耐用
値段／高い	部屋／きれい	かばん／丈夫
nedan takai	heya kiree	kaban joobu
內答恩 它卡伊	黑呀 克伊累~	卡拔恩 久~布

⑨ 〜ではありません。

不是 ▢▢▢。

名詞 ＋ではありません。
dewa arimasen
爹哇 阿里媽誰恩

不是義大利人。

イタリア人ではありません。
じん
itariajin dewa arimasen
伊它里阿基恩 爹哇 阿里媽誰恩

不是字典。

辞書ではありません。
じしょ
jisho dewa arimasen
基休 爹哇 阿里媽誰恩

替 換 看 看

河川	派出所	公車	紅茶
川	交番	バス	紅茶
kawa	kooban	basu	koocha
卡哇	寇〜拔恩	拔酥	寇〜洽

煙灰缸	冰箱	電話	狗
灰皿	冷蔵庫	電話	犬
haizara	reezooko	denwa	inu
哈伊雜拉	累〜宙〜寇	爹恩哇	伊奴

⑩ 〜ですね。

____喔！

形容詞 ＋ ですね。
desune
爹酥內

好熱喔！
<ruby>暑<rt>あつ</rt></ruby>いですね。
atsui desune
阿豬伊 爹酥內

好冷喔！
<ruby>寒<rt>さむ</rt></ruby>いですね。
samui desune
沙母伊 爹酥內

替 換 看 看

甜的	苦的	有趣的	古老的
<ruby>甘<rt>あま</rt></ruby>い	<ruby>苦<rt>にが</rt></ruby>い	<ruby>面白<rt>おもしろ</rt></ruby>い	<ruby>古<rt>ふる</rt></ruby>い
amai	nigai	omoshiroi	furui
阿媽伊	尼嘎伊	歐某西落伊	夫魯伊

新的	安全	耐用	方便
<ruby>新<rt>あたら</rt></ruby>しい	<ruby>安全<rt>あんぜん</rt></ruby>	<ruby>丈夫<rt>じょうぶ</rt></ruby>	<ruby>便利<rt>べんり</rt></ruby>
atarashii	anzen	joobu	benri
阿它拉西～	阿恩瑞恩	久～布	貝恩里

11 ～ですね。

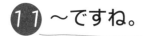

喔！

形容詞＋名詞＋ですね。
desune
爹酥內

好漂亮的人喔！

きれいな人（ひと）ですね。
kiree na hito desune
克伊累～ 那 喝伊豆 爹酥內

好棒的建築物喔！

素敵な建物（すてき たてもの）ですね。
suteki na tatemono desune
酥貼克伊 那 它貼某諾 爹酥內

替 換 看 看

好的 天氣	難的 問題	重的 行李
いい／天気（てんき）	難しい／問題（むずか もんだい）	重い／荷物（おも にもつ）
ii tenki	muzukashii mondai	omoi nimotsu
伊～ 貼恩克伊	母茲卡西～ 某恩答伊	歐某伊 尼某豬
好的 位子	有趣的 比賽	好吃的 店
いい／席（せき）	面白い／試合（おもしろ しあい）	おいしい／店（みせ）
ii seki	omoshiroi shiai	oishii mise
伊～ 誰克伊	歐某西落伊 西阿伊	歐伊西～ 咪誰

基本句型

⑫ ～でしょう。

<table>
<tr><td colspan="2">　　　　　　吧！</td></tr>
<tr><td>名詞</td><td>＋でしょう。</td></tr>
<tr><td colspan="2">deshoo
爹休～</td></tr>
</table>

是晴天吧！

晴(は)れでしょう。

hare deshoo

哈累　爹休～

是陰天吧！

曇(くも)りでしょう。

kumori deshoo

枯某里　爹休～

替 換 看 看

雨	雪	風	颱風
雨(あめ)	雪(ゆき)	風(かぜ)	台風(たいふう)
ame	yuki	kaze	taifuu
阿妹	尤克伊	卡瑞	它伊夫～

打雷	星期五	今晚	兩個
雷(かみなり)	金曜日(きんよう び)	今晩(こんばん)	二(ふた)つ
kaminari	kinyoobi	konban	futatsu
卡咪那里	克伊恩悠～逼	寇恩拔恩	夫它豬

___。

名詞＋ます。
masu
媽酥

吃飯。

ご飯を食べます。
gohan o tabemasu
勾哈恩 歐 它貝媽酥

抽煙。

タバコを吸います。
tabako o suimasu
它拔寇 歐 酥伊媽酥

替 換 看 看

聽音樂	在天空飛	學日語
音楽を聞き	空を飛び	日本語を勉強し
ongaku o kiki	sora o tobi	nihongo o benkyooshi
歐恩嘎枯 歐 克伊克伊	搜拉 歐 豆逼	尼后勾 歐 貝恩卡悠~西

說英語	拍照	開花
英語を話し	写真を撮り	花が咲き
eego o hanashi	shashin o tori	hana ga saki
耶~勾 歐 哈那西	蝦西恩 歐 豆里	哈那 嘎 沙克伊

14 ～から来ました。

從　　　　來。

名詞＋から来ました。
kara kimasita
卡拉　克伊媽西它

從台灣來。

台湾から来ました。
taiwan kara kimashita
它伊哇恩　卡拉　克伊媽西它

從美國來。

アメリカから来ました。
amerika kara kimashita
阿妹里卡　卡拉　克伊媽西它

替換看看

中國	英國	法國	印度
中国	イギリス	フランス	インド
chuugoku	igirisu	furansu	indo
七烏～勾枯	伊哥伊里酥	夫拉恩酥	伊恩都

越南	德國	義大利	加拿大
ベトナム	ドイツ	イタリア	カナダ
betonamu	doitsu	itaria	kanada
貝豆那母	都伊豬	伊它里阿	卡那答

15 ～ましょう。

吧！

名詞＋ましょう。
mashoo
媽休～

打電動玩具吧！

ゲームをしましょう。
geemu o shimashoo
給～母 歐 西媽休～

來看電影吧！

映画を見ましょう。
（えいが を み）
eega o mimashoo
耶～嘎 歐 咪媽休～

替 換 看 看

下象棋	打撲克牌	打網球
将棋をし（しょうぎ）	トランプをし	テニスをし
shoogi o shi	toranpu o shi	tenisu o shi
休～哥伊 歐 西	豆拉恩撲 歐 西	貼尼酥 歐 西
去買東西	唱歌	跑到公園
買い物に行き（か もの い）	歌を歌い（うた うた）	公園まで走り（こうえん はし）
kaimono ni iki	uta o utai	kooen made hashiri
卡伊某諾 尼 伊克伊	烏它 歐 烏它伊	寇～耶恩 媽多 哈西里

16 ～をください。

給我 ⬚ 。

名詞＋をください。
o kudasai
歐 枯答沙伊

請給我牛肉。

ビーフをください。
biifu o kudasai
逼～夫 歐 枯答沙伊

給我這個。

これをください。
kore o kudasai
寇累 歐 枯答沙伊

替 換 看 看

地圖	雜誌	雨傘	毛衣
地図	雑誌	傘	セーター
chizu	zasshi	kasa	seetaa
七茲	雜～西	卡沙	誰～它～

咖啡	葡萄酒	壽司	拉麵
コーヒー	ワイン	寿司	ラーメン
koohii	wain	sushi	raamen
寇～喝伊～	哇伊恩	酥西	拉～妹恩

給我 ＿＿ 。

数量＋ください。
kudasai
枯答沙伊

給我一個。
ひと
一つください。
hitotsu kudasai
喝伊豆豬 枯答沙伊

給我一堆。
ひとやま
一山ください。
hitoyama kudasai
喝伊豆呀媽 枯答沙伊

替換看看

一支	兩張	三本	一個
いっぽん 一本 ippon 伊ヘ剖恩	に まい 二枚 nimai 尼媽伊	さんさつ 三冊 sansatsu 沙恩沙豬	いっ こ 一個 ikko 伊ヘ寇
一人份	一箱	一袋	一盒
いちにんまえ 一人前 ichininmae 伊七尼恩媽耶	ひとはこ 一箱 hitohako 喝伊豆哈寇	ひとふくろ 一袋 hitofukuro 喝伊豆夫枯落	ワンパック wanpakku 哇恩趴ヘ枯

18 〜を〜ください。

給我 ⬚ 。

名詞＋を＋數量＋ください。
　　　　o　　　　　　kudasai
　　　　歐　　　　　　枯答沙伊

給我一個披薩。

ピザを一（ひと）つください。

piza o hitotsu kudasai

披雜　歐　喝伊豆豬　枯答沙伊

給我兩張票。

切符（きっぷ）を２枚（にまい）ください。

kippu o nimai kudasai

克伊ㄟ撲　歐　尼媽伊　枯答沙伊

替換看看

一杯　啤酒	兩個　水餃	兩條　毛巾
ビール／一杯（いっぱい）	ギョーザ／ふたつ	タオル／二枚（にまい）
biiru ippai	gyooza futatsu	taoru nimai
逼〜魯　伊〜趴伊	克悠〜雜　夫它豬	它歐魯　尼媽伊

兩人份　生魚片	一串　香蕉	一條　香煙
刺身（さしみ）／二人前（ににんまえ）	バナナ／一房（ひとふさ）	タバコ／ワンカートン
sashimi nininmae	banana hitofusa	tabako wankaaton
沙西咪　尼尼恩媽耶	拔那那　喝伊豆夫沙	它拔寇　哇恩卡〜豆恩

⑲ 〜ください。

給我 ＿＿＿。

動詞＋ください。
kudasai
枯答沙伊

拿給我看一下。

見せてください。
misete kudasai
咪誰貼 枯答沙伊

請告訴我。

教えてください。
oshiete kudasai
歐西耶貼 枯答沙伊

替 換 看 看

等一下	叫一下	喝	寫
待って	呼んで	飲んで	書いて
matte	yonde	nonde	kaite
媽ㄟ貼	悠恩爹	諾恩爹	卡伊貼

借過一下	開	借看一下	說
通して	開けて	見せて	言って
tooshite	akete	misete	itte
豆～西貼	阿克耶貼	咪誰貼	伊ㄟ貼

基本句型

⑳ ～を～ください。

請　　　　。

名詞＋を（で…）＋動詞＋ください。
o (de)　　　　kudasai
歐（爹）　　　　枯答沙伊

請換房間。

部屋を変えてください。
heya o kaete kudasai
黑呀 歐 卡耶貼 枯答沙伊

請叫警察。

警察を呼んでください。
keesatsu o yonde kudasai
克耶～沙豬 歐 悠恩爹 枯答沙伊

替 換 看 看

打掃　房間	說明　這個	脫　外套
部屋を／掃除して	これを／説明して	コートを／脱いで
heya o soojishite	kore o setsumeeshite	kooto o nuide
黑呀 歐 搜～基西貼	寇累 歐 誰豬妹～西貼	寇～豆 歐 奴伊爹

向右　轉	用漢字　寫	在那裡　停車
右に／曲がって	漢字で／書いて	そこで／止まって
migi ni magatte	kanji de kaite	soko de tomatte
咪哥伊 尼 媽嘎～貼	卡恩基 爹 卡伊貼	搜寇 爹 豆媽～貼

21 〜ください。

請 _____ 。

形容詞＋動詞＋ください。
kudasai
枯答沙伊

請趕快起床。

早く起きてください。
hayaku okite kudasai
哈呀枯 歐克伊貼 枯答沙伊

請打掃乾淨。

きれいに掃除してください。
kiree ni soojishite kudasai
克伊累〜 尼 搜〜基西貼 枯答沙伊

替 換 看 看

簡單 說明	切 小塊	縮短 長度
やさしく／説明して	小さく／切って	短く／つめて
yasashiku setsumeeshite	chiisaku kitte	mijikaku tsumete
呀沙西枯 誰豬妹〜西貼	七〜沙枯 克伊ヘ貼	咪基卡枯 豬妹貼

賣 便宜	當一位 偉大的人	安靜 走路
安く／売って	立派に／なって	静かに／歩いて
yasuku utte	rippa ni natte	shizuka ni aruite
呀酥枯 烏ヘ貼	里ヘ趴 尼 那ヘ貼	西茲卡 尼 阿魯伊貼

22 ～してください。

請弄　　　　　。

形容詞＋してください。
shite kudasai
西貼　枯答沙伊

請算便宜一點。
やす
安くしてください。
yasuku shite kudasai
呀酥枯　西貼　枯答沙伊

請快一點。
はや
早くしてください。
hayaku shite kudasai
哈呀枯　西貼　枯答沙伊

替換看看

亮	大	暖和	短
あか	おお	あたた	みじか
明るく	大きく	暖かく	短く
akaruku	ookiku	atatakaku	mijikaku
阿卡魯枯	歐～克伊枯	阿它它卡枯	咪基卡枯

可愛	涼	乾淨	安靜
	すず		しず
かわいく	涼しく	きれいに	静かに
kawaiku	suzushiku	kiree ni	shizuka ni
卡哇伊枯	酥茲西枯	克伊累～尼	西茲卡尼

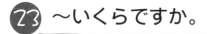 多少錢？

名詞＋いくらですか。
ikura desuka
伊枯拉　夢酥卡

這個多少錢？

これ、いくらですか。
kore ikura desuka
寇累　伊枯拉　夢酥卡

大人要多少錢？

<ruby>大人<rt>おとな</rt></ruby>、いくらですか。
otona ikura desuka
歐豆那　伊枯拉　夢酥卡

替換看看

帽子	絲巾	唱片	領帶
<ruby>帽子<rt>ぼうし</rt></ruby>	スカーフ	レコード	ネクタイ
booshi	sukaafu	rekoodo	nekutai
剝〜西	酥卡〜夫	累寇〜都	内枯它伊

耳環	戒指	太陽眼鏡	比基尼
イヤリング	<ruby>指輪<rt>ゆびわ</rt></ruby>	サングラス	ビキニ
iyaringu	yubiwa	sangurasu	bikini
伊呀里恩估	尤逼哇	沙恩估拉酥	逼克伊尼

24 ～いくらですか。 **T-36**

多少錢？

數量＋いくらですか。
ikura desuka
伊枯拉　爹酥卡

一個多少錢？

<ruby>一<rt>ひと</rt></ruby>つ、いくらですか。
hitotsu ikura desuka
喝伊豆豬　伊枯拉　爹酥卡

一個小時多少錢？

<ruby>一<rt>いち</rt></ruby><ruby>時<rt>じ</rt></ruby><ruby>間<rt>かん</rt></ruby>、いくらですか。
ichijikan ikura desuka
伊七基卡恩　伊枯拉　爹酥卡

替 換 看 看

一套	一隻	一袋	一台
<ruby>一着<rt>いっちゃく</rt></ruby>	<ruby>一匹<rt>いっぴき</rt></ruby>	<ruby>一袋<rt>ひとふくろ</rt></ruby>	<ruby>一台<rt>いちだい</rt></ruby>
icchaku	ippiki	hitofukuro	ichidai
伊ㄟ洽枯	伊ㄟ披克伊	喝伊豆夫枯落	伊七答伊

一束（一把）	一雙	一套	一盒
<ruby>一束<rt>ひとたば</rt></ruby>	<ruby>一足<rt>いっそく</rt></ruby>	ワンセット	ワンパック
hitotaba	issoku	wansetto	wanpakku
喝伊豆它拔	伊ㄟ搜枯	哇恩誰ㄟ豆	哇恩趴ㄟ枯

49

25 〜いくらですか。

　　　　多少錢？

名詞 ＋ 數量 ＋いくらですか。
ikura desuka
伊枯拉　爹酥卡

這個一個多少錢？

これ、一ついくらですか。
kore, hitotsu ikura desuka
寇累　喝伊豆豬　伊枯拉　爹酥卡

生魚片一人份多少錢？

刺身、一人前いくらですか。
sashimi, ichininmae ikura desuka
沙西咪　伊七尼恩媽耶　伊枯拉　爹酥卡

替換看看

鞋　一雙	蛋　一盒	手套　一雙
くつ／一足	たまご/ワンパック	手袋／一組
kutsu issoku	tamago wanpakku	tebukuro hitokumi
枯豬　伊へ搜枯	它媽勾　哇恩趴へ枯	貼布枯落　喝伊豆枯咪
（洋）蔥　一把	狗　一隻	相機　一台
ねぎ／一束	犬／一匹	カメラ／一台
negi hitotaba	inu ippiki	kamera ichidai
内哥伊　喝伊豆它拔	伊奴　伊へ披克伊	卡妹拉　伊七答伊

26 ～はありますか。

T-38

有 ＿＿＿ 嗎？

名詞＋はありますか。
wa arimasuka
哇 阿里媽酥卡

有報紙嗎？

新聞はありますか。
shinbun wa arimasuka
西恩布恩 哇 阿里媽酥卡

有位子嗎？

席はありますか。
seki wa arimasuka
誰克伊 哇 阿里媽酥卡

替 換 看 看

電視	冰箱	傳真	健身房
テレビ	冷蔵庫	ファックス	ジム
terebi	reezooko	fakkusu	jimu
貼累逼	累~宙~寇	發~枯酥	基母
保險箱	游泳池	熨斗	衛星節目
金庫	プール	アイロン	衛星放送
kinko	puuru	airon	eeseehoosoo
克伊恩寇	撲~魯	阿伊落恩	耶~誰~后~搜~

51

27 ～はありますか。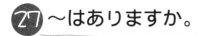

有 ☐ 嗎？

場所＋はありますか。
wa arimasuka
哇 阿里媽酥卡

有郵局嗎？
ゆうびんきょく
郵便局はありますか。
yuubinkyoku wa arimasuka
尤～逼恩卡悠枯 哇 阿里媽酥卡

有大眾澡堂嗎？
せんとう
銭湯はありますか。
sentoo wa arimasuka
誰恩豆～ 哇 阿里媽酥卡

替 換 看 看

電影院	公園	庭園	美術館
えいがかん 映画館	こうえん 公園	ていえん 庭園	びじゅつかん 美術館
eegakan	kooen	teeen	bijutsukan
耶～嘎卡恩	寇～耶恩	貼～耶恩	逼啾豬卡恩

滑雪場	飯店	民宿	旅館
じょう スキー場	ホテル	みんしゅく 民宿	りょかん 旅館
sukiijoo	hoteru	minshuku	ryokan
酥克伊～久～	后貼魯	咪恩咻枯	溜卡恩

28 ～はありますか。

有＿＿＿嗎？

形容詞＋名詞＋はありますか。
wa arimasuka
哇 阿里媽酥卡

有便宜的位子嗎？

安<small>やす</small>い席<small>せき</small>はありますか。
yasui seki wa arimasuka
呀酥伊 誰克伊 哇 阿里媽酥卡

有紅色的裙子嗎？

赤<small>あか</small>いスカートはありますか。
akai sukaato wa arimasuka
阿卡伊 酥卡～豆 哇 阿里媽酥卡

替 換 看 看

大的　房間	便宜的　旅館	古老的　神社
大<small>おお</small>きい／部屋<small>へや</small>	安<small>やす</small>い／旅館<small>りょかん</small>	古<small>ふる</small>い／神社<small>じんじゃ</small>
ookii heya	yasui ryokan	furui jinja
歐～克伊～ 黑呀	呀酥伊 溜卡恩	夫魯伊 基恩甲

黑色　高跟鞋	白色　連身裙	可愛　內衣
黒<small>くろ</small>い／ハイヒール	白<small>しろ</small>い／ワンピース	かわいい／下着<small>したぎ</small>
kuroi haihiiru	shiroi wanpiisu	kawaii shitagi
枯落伊 哈伊喝伊～魯	西落伊 哇恩披～酥	卡哇伊～ 西它哥伊

在哪裡？

場所＋はどこですか。
wa doko desuka
哇 都寇 爹酥卡

廁所在哪裡？

トイレはどこですか。
toire wa doko desuka
豆伊累 哇 都寇 爹酥卡

便利商店在哪裡？

コンビニはどこですか。
konbini wa doko desuka
寇恩逼尼 哇 都寇 爹酥卡

替 換 看 看

百貨	超市	水族館	名產店
デパート	スーパー	水族館（すいぞくかん）	土産物屋（みやげものや）
depaato	suupaa	suizokukan	miyagemonoya
爹趴〜豆	酥〜趴〜	酥伊宙枯卡恩	咪呀給某諾呀

棒球場	劇場	遊樂園	美容院
野球場（やきゅうじょう）	劇場（げきじょう）	遊園地（ゆうえんち）	美容院（びょういん）
yakyuujoo	gekijoo	yuuenchi	biyooin
呀卡伊烏〜久〜	給克伊久〜	尤〜耶恩七	逼悠〜伊恩

30 ～をお願いします。

麻煩　　　　。

名詞＋をお願いします。
o onegai shimasu
歐　歐内嘎伊　西媽酥

麻煩給我行李。

荷物をお願いします。
nimotsu o onegai shimasu
尼某豬　歐　歐内嘎伊　西媽酥

麻煩結帳。

お勘定をお願いします。
okanjoo o onegai shimasu
歐卡恩久～　歐　歐内嘎伊　西媽酥

替換看看

洗衣	點菜	兌幣	客房服務
洗濯物	注文	両替	ルームサービス
sentakumono	chuumon	ryoogae	ruumusaabisu
誰恩它枯某諾	七烏～某恩	溜～嘎耶	魯～母沙～逼酥

住宿登記	收據	一張	預約
チェックイン	領収書	一枚	予約
chekkuin	ryooshuusho	ichimai	yoyaku
切～枯伊恩	溜～啉～休	伊七媽伊	悠呀枯

㉛ ～でお願<ねが>いします。

麻煩用 ⬜ 。

名詞 ＋でお願<ねが>いします。
de onegai shimasu
爹 歐內嘎伊 西媽酥

麻煩空運。

航空便<こうくうびん>でお願<ねが>いします。
kookuubin de onegai shimasu
寇～枯～逼恩 爹 歐內嘎伊 西媽酥

我要用信用卡付款。

カードでお願<ねが>いします。
kaado de onegai shimasu
卡～都 爹 歐內嘎伊 西媽酥

替 換 看 看

海運	限時	掛號	包裹
船便<ふなびん>	速達<そくたつ>	書留<かきとめ>	小包<こづつみ>
funabin	sokutatsu	kakitome	kozutsumi
夫那逼恩	搜枯它豬	卡克伊豆妹	寇茲豬咪

一次付清	分開計算	飯前	飯後
一括<いっかつ>	別々<べつべつ>	食前<しょくぜん>	食後<しょくご>
ikkatsu	betsubetsu	shokuzen	shokugo
伊～卡豬	貝豬貝豬	休枯瑞恩	休枯勾

32 ～までお願（ねが）いします。 T-44

麻煩載我到＿＿＿＿。

場所＋までお願（ねが）いします。
made onegai shimasu
媽爹 歐內嘎伊 西媽酥

請到車站。

駅（えき）までお願（ねが）いします。
eki made onegai shimasu
耶克伊 媽爹 歐內嘎伊 西媽酥

請到飯店。

ホテルまでお願（ねが）いします。
hoteru made onegai shimasu
后貼魯 媽爹 歐內嘎伊 西媽酥

替換看看

郵局	銀行	區公所	公園
郵便局（ゆうびんきょく）	銀行（ぎんこう）	区役所（くやくしょ）	公園（こうえん）
yuubinkyoku	ginkoo	kuyakusho	kooen
尤～逼恩卡悠枯	哥伊恩寇～	枯呀枯休	寇～耶恩

圖書館	電影院	百貨公司	這裡
図書館（としょかん）	映画館（えいがかん）	デパート	ここ
toshokan	eegakan	depaato	koko
豆休卡恩	耶～嘎卡恩	爹趴～豆	寇寇

33 ～お願_{ねが}いします。

請給我 ____ 。

名詞＋數量＋お願_{ねが}いします。
onegai shimasu
歐內嘎伊 西媽酥

請給我成人票一張。

大人一枚_{おとないちまい}お願_{ねが}いします。
otona ichimai onegai shimasu
歐豆那 伊七媽伊 歐內嘎伊 西媽酥

請給我一瓶啤酒。

ビール一本_{いっぽん}お願_{ねが}いします。
biiru ippon onegai shimasu
逼～魯 伊ㄏ剖恩 歐內嘎伊 西媽酥

替 換 看 看

玫瑰　兩朵	筆記　三本	魚　兩條
バラ／二本_{にほん}	ノート／三冊_{さんさつ}	魚_{さかな}／二匹_{にひき}
bara nihon	nooto sansatsu	sakana nihiki
拔拉 尼后恩	諾～豆 沙恩沙豬	沙卡那 尼喝伊克伊

襯衫　一件	套裝　一套	相機　一台
シャツ／一枚_{いちまい}	スーツ／一着_{いっちゃく}	カメラ／一台_{いちだい}
shatsu ichimai	suutsu icchaku	kamera ichidai
蝦豬 伊七媽伊	酥～豬 伊ㄏ洽枯	卡妹拉 伊七答伊

34 ～はどうですか。

　　　　　　如何？

名詞＋はどうですか。
wa doo desuka
哇 都～ 爹酥卡

烤肉如何？

やきにく
焼肉はどうですか。
yakiniku wa doo desuka
呀克伊尼枯 哇 都～ 爹酥卡

旅行怎麼樣？

りょこう
旅行はどうですか。
ryokoo wa doo desuka
溜寇～ 哇 都～ 爹酥卡

替換看看

領帶	電車	計程車	夏威夷
ネクタイ	でんしゃ 電車	タクシー	ハワイ
nekutai	densha	takushii	hawai
内枯它伊	爹恩蝦	它枯西～	哈哇伊

壽司	關東煮	星期天	天氣
す し 寿司	おでん	にちよう び 日曜日	てん き 天気
sushi	oden	nichiyoobi	tenki
酥西	歐爹恩	尼七悠～逼	貼恩克伊

35 ～の～はどうですか。

如何？

時間＋の＋名詞＋はどうですか。
　　　no　　　　　　wa doo desuka
　　　諾　　　　　　哇 都～ 爹酥卡

今年的運勢如何？
今年の運勢はどうですか。
kotoshi no unsee wa doo desuka
寇豆西 諾 烏恩誰～ 哇 都～ 爹酥卡

昨天的考試如何？
昨日の試験はどうですか。
kinoo no shiken wa doo desuka
克伊諾～ 諾 西克耶恩 哇 都～ 爹酥卡

替換看看

今天　天氣
今日／天気
kyoo tenki
卡悠～ 貼恩克伊

昨天　音樂會
昨日／音楽会
kinoo ongakukai
克伊諾～ 歐恩嘎枯卡伊

星期天　考試
日曜日／試験
nichiyoobi shiken
尼七悠～逼 西克耶恩

昨晚　菜
昨晩／料理
sakuban ryoori
沙枯拔恩 溜～里

上個月　旅行
先月／旅行
sengetsu ryokoo
誰恩給豬 溜寇～

星期六　比賽
土曜日／試合
doyoobi shiai
都悠～逼 西阿伊

36 ～がいいです。

我要 ____。

名詞＋がいいです。
ga ii desu
嘎 伊～ 爹酥

我要咖啡。

コーヒーがいいです。
koohii ga ii desu
寇～喝伊～ 嘎 伊～ 爹酥

我要天婦羅。

てんぷらがいいです。
tenpura ga ii desu
貼恩撲拉 嘎 伊～ 爹酥

替換看看

這個	那個	那個	蕃茄
これ	それ	あれ	トマト
kore	sore	are	tomato
寇累	搜累	阿累	豆媽豆

西瓜	拉麵	烏龍麵	果汁
スイカ	ラーメン	うどん	ジュース
suika	raamen	udon	juusu
酥伊卡	拉～妹恩	烏都恩	啾～酥

③7 ～がいいです。

我要 _____ 。

形容詞＋がいいです。
ga ii desu
嘎 伊～ 爹酥

我要大的。
おお
大きいのがいいです。
ookii noga ii desu
歐～克伊～ 諾嘎 伊～ 爹酥

我要便宜的。
やす
安いのがいいです。
yasui noga ii desu
呀酥伊 諾嘎 伊～ 爹酥

替 換 看 看

小的	藍的	黑的	短的
ちい 小さいの	あお 青いの	くろ 黒いの	みじか 短いの
chiisai no	aoi no	kuroi no	mijikai no
七～沙伊 諾	阿歐伊 諾	枯落伊 諾	咪基卡伊 諾

冰涼的	耐用的	普通的	熱鬧的
つめ 冷たいの	じょうぶ 丈夫なの	ふ つう 普通なの	にぎ 賑やかなの
tsumetai no	joobu nano	futsuu nano	nigiyaka nano
豬妹它伊 諾	久～布 那諾	夫豬～ 那諾	尼哥伊呀卡 那諾

38 ～もいいですか。

可以 　　　 嗎？

動詞 ＋もいいですか。
mo ii desuka
某 伊～ 爹酥卡

可以喝嗎？

飲んでもいいですか。
nondemo ii desuka
諾恩爹某 伊～ 爹酥卡

可以試穿嗎？

試着してもいいですか。
shichaku shitemo ii desuka
西洽枯 西貼某 伊～ 爹酥卡

替換看看

吃	坐	摸	聽（問）
食べて	座って	触って	聞いて
tabete	suwatte	sawatte	kiite
它貝貼	酥哇ㄟ貼	沙哇ㄟ貼	克伊～貼

看	休息	唱	用
見て	休んで	歌って	使って
mite	yasunde	utatte	tsukatte
咪貼	呀酥恩爹	烏它ㄟ貼	豬卡ㄟ貼

39 ～もいいですか。

T-51

可以 　　　 嗎？

名詞（を…）＋動詞＋もいいですか。
　　　　o　　　　　　　　mo ii desuka
　　　　歐　　　　　　　某 伊～ 爹酥卡

可以抽煙嗎？

タバコを吸ってもいいですか。
tabako o suttemo ii desuka
它拔寇 歐 酥へ貼某 伊～ 爹酥卡

可以坐這裡嗎？

ここに座ってもいいですか。
koko ni suwattemo ii desuka
寇寇 尼 酥哇へ貼某 伊～ 爹酥卡

替換看看

相照

写真を／撮って
shashin o totte
蝦西恩 歐 豆へ貼

歌唱

歌を／歌って
uta o utatte
烏它 歐 烏它へ貼

鋼琴彈

ピアノを／弾いて
piano o hiite
披阿諾 歐 喝伊～貼

在這裡寫

ここに／書いて
koko ni kaite
寇寇 尼 卡伊貼

啤酒喝

ビールを／飲んで
biiru o nonde
逼~魯 歐 諾恩爹

鞋子脫

靴を／脱いで
kutsu o nuide
枯豬 歐 奴伊爹

64

40 ～たいです。

想　　　　。

動詞＋たいです。
tai desu
它伊　爹酥

想吃。

<ruby>食<rt>た</rt></ruby>べたいです。
tabetai desu
它貝它伊　爹酥

想聽。

<ruby>聞<rt>き</rt></ruby>きたいです。
kikitai desu
克伊克伊它伊　爹酥

替換看看

玩	走	游泳	買
<ruby>遊<rt>あそ</rt></ruby>び	<ruby>歩<rt>ある</rt></ruby>き	<ruby>泳<rt>およ</rt></ruby>ぎ	<ruby>買<rt>か</rt></ruby>い
asobi	aruki	oyogi	kai
阿搜逼	阿魯克伊	歐悠哥伊	卡伊

回家	飛	說	搭乘
<ruby>帰<rt>かえ</rt></ruby>り	<ruby>飛<rt>と</rt></ruby>び	<ruby>話<rt>はな</rt></ruby>し	<ruby>乗<rt>の</rt></ruby>り
kaeri	tobi	hanashi	nori
卡耶里	豆逼	哈那西	諾里

我想到　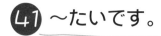　。

場所＋まで、行^いきたいです。
made,ikitai desu
媽爹, 伊克伊它伊 爹酥

想到澀谷。

渋谷駅^{しぶやえき}まで行^いきたいです。
shibuyaeki made ikitai desu
西布呀耶克伊 媽爹 伊克伊它伊 爹酥

想到成田機場。

成田空港^{なりたくうこう}まで行^いきたいです。
naritakuukoo made ikitai desu
那里它枯〜寇〜 媽爹 伊克伊它伊 爹酥

替換看看

新宿	原宿	青山	恵比壽
新宿^{しんじゅく}	原宿^{はらじゅく}	青山^{あおやま}	恵比寿^{えびす}
shinjuku	harajuku	aoyama	ebisu
西恩啾枯	哈拉啾枯	阿歐呀媽	耶逼酥

池袋	横濱	鎌倉	伊豆
池袋^{いけぶくろ}	横浜^{よこはま}	鎌倉^{かまくら}	伊豆^{いず}
ikebukuro	yokohama	kamakura	izu
伊克耶布枯落	悠寇哈媽	卡媽枯拉	伊茲

42 ～たいです。

想　　　。

名詞（を…）＋動詞＋たいです。
　　o　　　　　　　tai desu
　　歐　　　　　　它伊 爹酥

想泡溫泉。

温泉に入りたいです。
onsen ni hairi tai desu
歐恩誰恩 尼 哈伊里 它伊 爹酥

想預約房間。

部屋を予約したいです。
heya o yoyaku shitai desu
黑呀 歐 悠呀枯 西它伊 爹酥

替換看看

電影　看	高爾夫球　打	煙火　看
映画を／見	ゴルフを／し	花火を／見
eega o mi	gorufu o shi	hanabi o mi
耶～嘎 歐 咪	勾魯夫 歐 西	哈那逼 歐 咪
料理　吃	演唱會　聽	卡拉OK　去唱
料理を／食べ	コンサートに／行き	カラオケに／行き
ryoori o tabe	konsaato ni iki	karaoke ni iki
溜～里 歐 它貝	寇恩沙～豆 尼 伊克伊	卡拉歐克耶 尼 伊克伊

43 〜を探しています。　T-55

我要找　　　。

名詞＋を探しています。
o sagashite imasu
歐 沙嘎西貼 伊媽酥

我要找裙子。

スカートを探しています。
sukaato o sagashite imasu
酥卡〜豆 歐 沙嘎西貼 伊媽酥

我要找雨傘。

傘を探しています。
kasa o sagashite imasu
卡沙 歐 沙嘎西貼 伊媽酥

替換看看

褲子	休閒鞋	手帕	洗髮精
ズボン	スニーカー	ハンカチ	シャンプー
zubon	suniikaa	hankachi	shanpuu
茲剝恩	酥尼〜卡〜	哈恩卡七	蝦恩撲〜

領帶	唱片	皮帶	圍巾
ネクタイ	レコード	ベルト	マフラー
nekutai	rekoodo	beruto	mafuraa
內枯它伊	累寇〜都	貝魯豆	媽夫拉〜

44 ～がほしいです。

我要 　　　。

名詞＋がほしいです。
ga hoshii desu
嘎　后西～　爹酥

想要鞋子。
くつ
靴がほしいです。
kutsu ga hoshii desu
枯豬　嘎　后西～　爹酥

想要香水。
こうすい
香水がほしいです。
koosui ga hoshii desu
寇～酥伊　嘎　后西～　爹酥

替 換 看 看

録音帶	録影機	底片	収音機
テープ	ビデオカメラ	フィルム	ラジオ
teepu	bideokamera	fuirumu	rajio
貼～撲	逼爹歐卡妹拉	夫伊魯母	拉基歐

襪子	手帕	字典	筆記本
くつした 靴下	ハンカチ	じしょ 辞書	ノート
kutsushita	hankachi	jisho	nooto
枯豬西它	哈恩卡七	基休	諾～豆

45 ～が上手です。

很會 ▢ 。

名詞＋が上手です。
ga joozu desu
嘎 久～茲 爹酥

很會唱歌。

歌が上手です。
uta ga joozu desu
烏它 嘎 久～茲 爹酥

很會打網球。

テニスが上手です。
tenisu ga joozu desu
貼尼酥 嘎 久～茲 爹酥

替 換 看 看

作菜	游泳	打籃球	打棒球
料理	水泳	バスケットボール	野球
ryoori	suiee	basukettobooru	yakyuu
溜～里	酥伊耶～	拔蘇克耶ㄟ豆剝～魯	呀卡伊烏～

打桌球	講英語	講日語	講中文
ピンポン	英語	日本語	中国語
pinpon	eego	nihongo	chuugokugo
披恩剖恩	耶～勾	尼后恩勾	七烏～勾枯勾

46 〜すぎます。

太　　。

形容詞＋すぎます。
sugimasu
酥哥伊媽酥

太貴。

たか
高すぎます。
taka sugimasu
它卡 酥哥伊媽酥

太大。

おお
大きすぎます。
ooki sugimasu
歐〜克伊 酥哥伊媽酥

替換看看

低	小	快	難
ひく 低	ちい 小さ	はや 速	むずか 難し
hiku	chiisa	haya	muzukashi
喝伊枯	七〜沙	哈呀	母茲卡西

重	輕	厚	薄
おも 重	かる 軽	あつ 厚	うす 薄
omo	karu	atsu	usu
歐某	卡魯	阿豬	烏酥

47 〜が好きです。

喜歡 ____ 。

名詞＋が好きです。
ga suki desu
嘎 酥克伊 麼酥

喜歡漫畫。

マンガが好きです。
manga ga suki desu
媽恩嘎 嘎 酥克伊 麼酥

喜歡電玩。

ゲームが好きです。
geemu ga suki desu
給〜母 嘎 酥克伊 麼酥

替換看看

網球	棒球	足球	釣魚
テニス	野球	サッカー	つり
tenisu	yakyuu	sakkaa	tsuri
貼尼酥	呀卡伊烏〜	沙〜卡〜	豬里

高爾夫	兜風	爬山	游泳
ゴルフ	ドライブ	登山	水泳
gorufu	doraibu	tozan	suiee
勾魯夫	都拉伊布	豆雜恩	酥伊耶〜

48 ～に興味があります。　**T-60**

對　　　感興趣。

名詞＋に興味（きょうみ）があります。
ni kyoomi ga arimasu
尼 卡悠～咪 嘎 阿里媽酥

對音樂有興趣。

音楽（おんがく）に興味（きょうみ）があります。
ongaku ni kyoomi ga arimasu
歐恩嘎枯 尼 卡悠～咪 嘎 阿里媽酥

對漫畫有興趣。

マンガに興味（きょうみ）があります。
manga ni kyoomi ga arimasu
媽恩嘎 尼 卡悠～咪 嘎 阿里媽酥

替換看看

歷史	政治	經濟	小說
歴史（れきし）	政治（せいじ）	経済（けいざい）	小説（しょうせつ）
rekishi	seeji	keezai	shoosetsu
累克伊西	誰～基	克耶～雜伊	休～誰豬

電影	藝術	花道	茶道
映画（えいが）	芸術（げいじゅつ）	華道（かどう）	茶道（さどう）
eega	geejutsu	kadoo	sadoo
耶～嘎	給～啾豬	卡都～	沙都～

㊾ 〜で〜があります。

＿＿＿＿有＿＿＿＿。

場所＋で＋慶典＋があります。
de ga arimasu
爹 嘎 阿里媽酥

淺草有慶典。

浅草でお祭りがあります。
<ruby>浅草<rt>あさくさ</rt></ruby>でお<ruby>祭<rt>まつ</rt></ruby>りがあります。
asakusa de omatsuri ga arimasu
阿沙枯沙 爹 歐媽豬里 嘎 阿里媽酥

札幌有雪祭。

札幌で雪祭りがあります。
<ruby>札幌<rt>さっぽろ</rt></ruby>で<ruby>雪祭<rt>ゆきまつ</rt></ruby>りがあります。
sapporo de yukimatsuri ga arimasu
沙ヘ剖落 爹 尤克伊媽豬里 嘎 阿里媽酥

替換看看

秋田 竿燈祭
<ruby>秋田<rt>あきた</rt></ruby>／<ruby>竿灯祭<rt>かんとうまつり</rt></ruby>
akita kantoomatsuri
阿克伊它 卡恩豆〜媽豬里

青森 驅魔祭
<ruby>青森<rt>あおもり</rt></ruby>／ねぶた<ruby>祭<rt>まつり</rt></ruby>
aomori nebutamatsuri
阿歐某里 内布它媽豬里

仙台 七夕祭
<ruby>仙台<rt>せんだい</rt></ruby> <ruby>七夕祭<rt>たなばたまつり</rt></ruby>
sendai tanabatamatsuri
誰恩答伊 它那拔它媽豬里

東京 三社祭
<ruby>東京<rt>とうきょう</rt></ruby>／<ruby>三社祭<rt>さんじゃまつり</rt></ruby>
tookyoo sanjamatsuri
豆〜卡悠〜 沙恩甲媽豬里

德島 阿波舞祭
<ruby>徳島<rt>とくしま</rt></ruby>／<ruby>阿波踊<rt>あわおど</rt></ruby>り
tokushima awaodori
豆枯西媽 阿哇歐都里

京都 祇園祭
<ruby>京都<rt>きょうと</rt></ruby>／<ruby>祇園<rt>ぎおん</rt></ruby><ruby>祭<rt>まつり</rt></ruby>
kyooto gionmatsuri
卡悠〜豆 哥伊歐恩媽豬里

50 ～が痛いです。

_____ 痛。

身體＋が痛いです。
ga itai desu
嘎 伊它伊 爹酥

頭痛。

頭が痛いです。

atama ga itai desu

阿它媽 嘎 伊它伊 爹酥

腳痛。

足が痛いです。

ashi ga itai desu

阿西 嘎 伊它伊 爹酥

替 換 看 看

肚子	腰	膝蓋	牙齒
おなか	腰	ひざ	歯
onaka	koshi	hiza	ha
歐那卡	寇西	喝伊雜	哈
胸	背部	手	手腕
むね	背中	手	腕
mune	senaka	te	ude
母内	誰那卡	貼	烏爹

51 ～をなくしました。

丢了 ▢ 。

物＋をなくしました。
o nakushimashita
歐 那枯西媽西它

我把錢包弄丟了。

財布をなくしました。
さい ふ
saifu o nakushimashita
沙伊夫 歐 那枯西媽西它

我把相機弄丟了。

カメラをなくしました。
kamera o nakushimashita
卡妹拉 歐 那枯西媽西它

替 換 看 看

票	機票	戒指	卡片
チケット	航空券 こうくうけん	指輪 ゆびわ	カード
chiketto	kookuuken	yubiwa	kaado
七克耶ㄟ豆	寇~枯~克耶恩	尤逼哇	卡~都
護照	眼鏡	外套	手錶
パスポート	めがね	コート	腕時計 うでどけい
pasupooto	megane	kooto	udedokee
趴酥剖~豆	妹嘎內	寇~豆	烏爹都克耶~

52 ～に～を忘れました。 **T-64**

忘在 了。
場所＋に＋物＋を忘れました。
ni　　　o wasuremashita
尼　　　歐 哇酥累媽西它

包包忘在巴士上了。
バスにかばんを忘れました。
basu ni kaban o wasuremashita
拔酥 尼 卡拔恩 歐 哇酥累媽西它

鑰匙忘在房間裡了。
部屋に鍵を忘れました。
heya ni kagi o wasuremashita
黑呀 尼 卡哥伊 歐 哇酥累媽西它

替換看看

計程車　傘
タクシー／傘
takushii kasa
它枯西～ 卡沙

電車　報紙
電車／新聞
densha sinbun
爹恩蝦 西恩布恩

桌上　票
テーブルの上／切符
teeburu no ue kippu
貼～布魯 諾 烏耶 克伊へ撲

浴室　手錶
バスルーム／腕時計
basuruumu udedokee
拔酥魯～母 烏爹都克耶～

77

53 ～を盗（ぬす）まれました。

T-65

被偷了。

物＋を盗（ぬす）まれました。
o nusumaremashita
歐 奴酥媽累媽西它

包包被偷了。

かばんを盗（ぬす）まれました。
kaban o nusumaremashita
卡拔恩 歐 奴酥媽累媽西它

錢被偷了。

現金（げんきん）を盗（ぬす）まれました。
genkin o nusumaremashita
給恩克伊恩 歐 奴酥媽累媽西它

替 換 看 看

錢包	照相機	手錶	卡片
財布（さいふ）	カメラ	腕時計（うでどけい）	カード
saifu	kamera	udedokee	kaado
沙伊夫	卡妹拉	烏爹都克耶	卡～都
護照	機票	駕照（執照）	筆記型電腦
パスポート	航空券（こうくうけん）	免許証（めんきょしょう）	ノートパソコン
pasupooto	kookuuken	menkyoshoo	nootopasokon
趴酥剖～豆	寇～枯～克耶恩	妹恩卡悠休～	諾～豆趴搜寇恩

54 ～と思っています。　**T-66**

我想 ⬜⬜。

句＋と思っています。
to omottte imasu
豆 歐某へ貼 伊媽酥

我想去日本。
日本に行きたいと思っています。
nihon ni ikitai to omottte imasu
尼后恩 尼 伊克伊它伊 豆 歐某へ貼 伊媽酥

我想那個人是犯人。
あの人が犯人だと思っています。
ano hito ga hanninda to omotte imasu
阿諾 喝伊豆 嘎 哈恩尼恩答 豆 歐某へ貼 伊媽酥

替換看看

想當老師
先生になりたい
sensee ni naritai
誰恩誰~ 尼 那里它伊

想住在郊外
郊外に住みたい
koogai ni sumitai
寇~嘎伊 尼 酥咪它伊

想到國外旅行
海外旅行したい
kaigairyokooshitai
卡伊嘎伊溜寇~西它伊

她不會結婚
彼女は結婚しない
kanojo wa kekkonshinai
卡諾入 哇 克耶へ寇恩西那伊

他是對的
彼は正しい
kare wa tadashii
卡累 哇 它答西~

幸好有去旅行
旅行してよかった
ryokooshite yokatta
溜寇~西貼 悠卡へ它

Note

第四章
說說自己

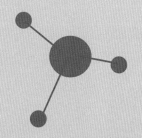

1. 自我介紹　T-67

1 我姓李。

我姓 _____ 。
姓 + です。
　　　 desu
　　　 爹酥

李	金	鈴木	田中
李 (リー)	キム	鈴木 (すずき)	田中 (たなか)
rii	kimu	suzuki	tanaka
里～	克伊母	酥茲克伊	它那卡

初次見面，我姓楊。

はじめまして、楊（ヨウ）と申（もう）します。
hajimemashite , yoo to mooshimasu
哈基妹媽西貼 ， 悠～ 豆 某～西媽酥

請多指教。

よろしくお願（ねが）いします。
yoroshiku onegai shimasu
悠落西枯 歐內嘎伊 西媽酥

我才是，請多指教。

こちらこそ、よろしく。
kochirakoso yoroshiku
寇七拉寇搜 悠落西枯

② 我從台灣來的。

我從 ▢ 來。
國名＋から来ました。
kara kimashita
卡拉 克伊媽西它

台灣	英國	中國	美國
台湾	イギリス	中国	アメリカ
taiwan	igirisu	chuugoku	amerika
它伊哇恩	伊哥伊里酥	七烏～勾枯	阿妹里卡

您是哪國人？
お国はどちらですか。
okuni wa dochira desuka
歐枯尼 哇 都七拉 爹酥卡

我是台灣人。
私は台湾人です。
watashi wa taiwanjin desu
哇它西 哇 它伊哇恩基恩 爹酥

我畢業於日本大學。
私は日本大学出身です。
watashi wa nihondaigaku shusshin desu
哇它西 哇 尼后恩答伊嘎枯 咻～西恩 爹酥

③ 我是粉領族。

我是 _____。
職業＋です。
desu
爹酥

學生	醫生	粉領族	工程師
がくせい	いしゃ	オーエル	
学生	医者	OL	エンジニア
gakusee	isha	ooeru	enjinia
嘎枯誰～	伊蝦	歐～耶魯	耶恩基尼阿

您從事哪一種工作？
しごと なん
お仕事は何ですか。
oshigoto wa nan desuka
歐西勾豆 哇 那恩 爹酥卡

我是日語老師。
にほんごきょうし
日本語 教 師です。
nihongo kyooshi desu
尼后恩勾 卡悠～西 爹酥

我在貿易公司工作。
ぼうえきがいしゃ はたら
貿易会社で働いています。
booekigaisha de hataraite imasu
剝～耶克伊嘎伊蝦 爹 哈它拉伊貼 伊媽酥

2. 介紹家人 **T-70**

1 這是我弟弟。

這是 ⬚。

これは＋名詞＋です。
kore wa　　　　　desu
寇累 哇　　　　　爹酥

弟弟	哥哥	姊姊	妹妹
おとうと	あに	あね	いもうと
弟	兄	姉	妹
otooto	ani	ane	imooto
歐豆～豆	阿尼	阿內	伊某～豆

這個人是誰？
この人は誰ですか？
kono hito wa dare desuka
寇諾 喝伊豆 哇 答累 爹酥卡

我有一個弟弟。
弟が一人います。
otooto ga hitori imasu
歐豆～豆 嘎 喝伊豆里 伊媽酥

弟弟比我小兩歲。
弟は私より二歳下です。
otooto wa watashi yori nisai shita desu
歐豆～豆 哇 哇它西 悠里 尼沙伊 西它 爹酥

② 哥哥是行銷員。

☐ 公司。

名詞＋の会社です。
（かいしゃ）
no kaisha desu
諾 卡伊蝦 爹酥

汽車	電腦	鞋子	藥品
車（くるま）	コンピューター	靴（くつ）	薬（くすり）
kuruma	konpyuutaa	kutsu	kusuri
枯魯媽	寇恩披烏~它~	枯豬	枯酥里

哥哥是行銷員。

兄はセールスマンです。
（あに）
ani wa seerusuman desu
阿尼 哇 誰~魯酥媽恩 爹酥

您哥哥在哪一家公司上班？

お兄さんの会社はどちらですか。
（にい）（かいしゃ）
oniisan no kaisha wa dochira desuka
歐尼~沙恩 諾 卡伊蝦 哇 都七拉 爹酥卡

ABC汽車。

ＡＢＣ自動車です。
（エービーシー）（じ どうしゃ）
eebiishii jidoosha desu
耶~逼~西~ 基都~蝦 爹酥

---

3 我姊姊很活潑。

我姊姊　　　　　。
姉は＋形容詞＋です。
ane wa　　　　　desu
阿内 哇　　　　　爹酥

活潑	溫柔	有一點性急	頑固
明るい	やさしい	少し短気	頑固
akarui	yasashii	sukoshi tanki	ganko
阿卡魯伊	呀沙西～	酥寇西 它恩克伊	嘎恩寇

姊姊不小氣。
姉はけちではありません。
ane wa kechi dewa arimasen
阿内 哇 克耶七 爹哇 阿里媽誰恩

姊姊朋友很多。
姉は友だちが多いです。
ane wa tomodachi ga ooi desu
阿内 哇 豆某答七 嘎 歐～伊 爹酥

姊姊沒有男朋友。
姉は彼氏がいません。
ane wa kareshi ga imasen
阿内 哇 卡累西 嘎 伊媽誰恩

❶ 今天真暖和

今天 ＿＿＿。
今日は＋ 形容詞 ＋ですね。 きょう kyoo wa　　　　　　desune 卡悠～ 哇　　　　　　爹酥內

熱	冷	溫暖	涼爽
暑い あつ atsui 阿豬伊	寒い さむ samui 沙母伊	暖かい あたた atatakai 阿它它卡伊	涼しい すず suzusii 酥茲西～

今天是好天氣。
今日はいい天気ですね。
きょう　　てんき
kyoo wa ii tenki desune
卡悠～ 哇 伊～ 貼恩克伊 爹酥內

正在下雨。
雨が降っています。
あめ　ふ
ame ga futte imasu
阿妹 嘎 夫ㄟ貼 伊媽酥

早上是晴天。
朝は晴れていました。
あさ　は
asa wa harete imashita
阿沙 哇 哈累貼 伊媽西它

2 東京天氣如何？

東京的　　　如何？

東京の＋四季＋はどうですか。
とうきょう

tookyoo no　　　wa doo desuka

豆～卡悠～　諾　　哇　都～　爹酥卡

春天	夏天	秋天	冬天
春 (はる)	夏 (なつ)	秋 (あき)	冬 (ふゆ)
haru	natsu	aki	fuyu
哈魯	那豬	阿克伊	夫尤

東京夏天很熱。

東京の夏は暑いです。
とうきょう　なつ　あつ

tookyoo no natsu wa atsui desu

豆～卡悠～　諾　那豬　哇　阿豬伊　爹酥

但是冬天很冷。

でも、冬は寒いです。
ふゆ　さむ

demo, fuyu wa samui desu

爹某，夫尤　哇　沙母伊　爹酥

你的國家怎麼樣？

あなたの国はどうですか。
くに

anata no kuni wa doo desuka

阿那它　諾　枯尼　哇　都～　爹酥卡

3 明天會下雨吧！

明天會（是）□□□吧！

あした
明日は＋名詞＋でしょう。
ashita wa　　　deshoo
阿西它 哇　　　爹休～

雨天	晴天	陰天	下雪
あめ	は	くも	ゆき
雨	晴れ	曇り	雪
ame	hare	kumori	yuki
阿妹	哈累	枯某里	尤克伊

明天下雨吧！

あした　あめ
明日は雨でしょう。
ashita wa ame deshoo
阿西它 哇 阿妹 爹休～

明天一整天都很溫暖吧！

あした　　いちにちじゅうあたた
明日は一日 中 暖かいでしょう。
ashita wa ichinichijuu atatakai deshoo
阿西它 哇 伊七尼七啾～ 阿它它卡伊 爹休～

今晚天氣不知道怎麼樣？

こんばん　てんき
今晩の天気はどうでしょう。
konban no tenki wa doo deshoo
寇恩拔恩 諾 貼恩克伊 哇 都～ 爹休～

4 東京八月天氣如何？

	的		如何？

地名＋の＋月＋はどうですか。
no　　　　wa doo desuka
諾　　　　哇 都～ 爹酥卡

東京　8月	紐約　9月
とうきょう／はちがつ	くがつ
東京／8月	ニューヨーク／9月
tookyoo hachigatsu	nyuuyooku kugatsu
豆～卡悠～ 哈七嘎豬	牛～悠～枯 枯嘎豬
台北　12月	北京　9月
タイペイ／じゅうにがつ	ペキン／くがつ
台北／12月	北京／9月
taipee juunigatsu	pekin kugatsu
它伊佩～ 啾～尼嘎豬	佩克伊恩 枯嘎豬

7月到8月呢？
しちがつ　　　はちがつ
Q：7月から8月までは？
shichigatsu kara hachigatsu madewa
西七嘎豬 卡拉 哈七嘎豬 媽爹哇

很　　　。	熱	涼爽
A：形容詞＋です。	あつ／暑い	すず／涼しい
desu	atsui	suzusii
爹酥	阿豬伊	酥茲西～

91

4. 談飲食健康

① 吃早餐

吃 ___ 。

食物＋を食(た)べます。
o tabemasu
歐 它貝媽酥

麵包	飯	粥	豆沙包
パン	ご飯(はん)	お粥(かゆ)	お饅頭(まんじゅう)
pan	gohan	okayu	omanjuu
趴恩	勾哈恩	歐卡尤	歐媽恩啾～

早餐在家吃。

朝(あさ)ご飯(はん)は家(いえ)で食(た)べます。
asagohan wa ie de tabemasu
阿沙勾哈恩 哇 伊耶 爹 它貝媽酥

吃了麵包和沙拉。

パンとサラダを食(た)べました。
pan to sarada o tabemashita
趴恩 豆 沙拉答 歐 它貝媽西它

不吃早餐。

朝(あさ)ご飯(はん)は食(た)べません。
asagohan wa tabemasen
阿沙勾哈恩 哇 它貝媽誰恩

② 喝飲料

喝＿＿＿＿。

飲料＋を飲みます。
o nomimasu
歐 諾咪媽酥

牛奶	果汁	可樂	啤酒
牛乳 （ぎゅうにゅう）	ジュース	コーラ	ビール
gyuunyuu	juusu	koora	biiru
克伊烏~牛~	啾~酥	寇~拉	逼~魯

喜歡喝酒。
お酒が好きです。
（さけ）（す）
osake ga suki desu
歐沙克耶 嘎 酥克伊 爹酥

常喝葡萄酒。
よくワインを飲みます。
（の）
yoku wain o nomimasu
悠枯 哇伊恩 歐 諾咪媽酥

和朋友一起喝啤酒。
友達と一緒にビールを飲みます。
（ともだち）（いっしょ）（の）
tomodachi to issho ni biiru o nomimasu
豆某答七 豆 伊ㄟ休 尼 逼~魯 歐 諾咪媽酥

③ 做運動

做 ___ 。

運動＋をしますか。
o shimasuka
歐 西媽酥卡

網球	游泳	高爾夫	足球
テニス	水泳 すいえい	ゴルフ	サッカー
tenisu	suiee	gorufu	sakkaa
貼尼酥	酥伊耶～	勾魯夫	沙ㄟ卡～

一星期做兩次運動。
週二回スポーツをします。
しゅうにかい
shuunikai supootsu o shimasu
咻～尼卡伊 酥剖～豬 歐 西媽酥

有時打保齡球。
時々ボーリングをします。
ときどき
tokidoki booringu o shimasu
豆克伊都克伊 剝～里恩估 歐 西媽酥

常去公園散步。
よく公園を散歩します。
こうえん　さんぽ
yoku kooen o sanpo shimasu
悠枯 寇～耶恩 歐 沙恩剖 西媽酥

4 我的假日

你假日做什麼？
Q：休みの日は何をしますか。
yasumi no hi wa nani o shimasuka
呀酥咪 諾 喝伊 哇 那尼 歐 西媽酥卡

看＿＿＿＿。
A：名詞＋を見ます。
　　　　o mimasu
歐 咪媽酥

電視	電影	職業棒球	小孩
テレビ	映画	プロ野球	子ども
terebi	eega	poroyakyuu	kodomo
貼累逼	耶～嘎	剖落呀卡伊烏～	寇都某

和男朋友約會。
彼氏とデートします。
kareshi to deeto shimasu
卡累西 豆 爹～豆 西媽酥

和朋友說說笑笑。
友達とワイワイやります。
tomodachi to waiwai yarimasu
豆某答七 豆 哇伊哇伊 呀里媽酥

在卡拉OK唱歌。
カラオケで歌を歌います。
karaoke de uta o utaimasu
卡拉歐克耶 爹 烏它 歐 烏它伊媽酥

① 我喜歡運動

喜歡　　。
運動＋が好きです。
ga suki desu
嘎 酥克伊 爹酥

籃球	排球	高爾夫	釣魚
バスケットボール	バレーボール	ゴルフ	釣り
basukettobooru	bareebooru	gorufu	tsuri
拔酥克耶へ豆剝～魯	拔累～剝～魯	勾魯夫	豬里

你喜歡什麼樣的運動？
どんなスポーツが好きですか。
donna supootsu ga suki desuka
都恩那 酥剖～豬 嘎 酥克伊 爹酥卡

常游泳。
よく水泳をします。
yoku suiee o shimasu
悠枯 酥伊耶～ 歐 西媽酥

喜歡看運動比賽。
スポーツ観戦が好きです。
supootsu kansen ga suki desu
酥剖～豬 卡恩誰恩 嘎 酥克伊 爹酥

② 我的嗜好

您的興趣是什麼？
Q：ご趣味は何ですか。
goshumi wa nan desuka
勾咻咪 哇 那恩 爹酥卡

_____。
A：名詞＋動詞＋ことです。
koto desu
寇豆 爹酥

做 菜	練 字
料理を／作る	習字を／する
ryoori o tsukuru	shuuji o suru
溜~里 歐 豬枯魯	咻~基 歐 酥魯

看 電影	釣 魚
映画を／見る	釣りを／する
eega o miru	tsuri o suru
耶~嘎 歐 咪魯	豬里 歐 酥魯

很會____呢。
專長＋が上手ですね。
ga joozu desune
嘎 久~茲 爹酥內

唱歌	游泳
歌	水泳
uta	suiee
烏它	酥伊耶~

97

1 我的出生日

我的生日是 _____。

私の誕生日は＋月日＋です。
わたし　たんじょうび
watashi no tanjoobi wa　　　desu
哇它西　諾　它恩久～逼 哇　　爹酥

1月20號	4月24號	8月8號	12月10號
いちがつはつか	しがつにじゅうよっか	はちがつようか	じゅうにがつとおか
1月 20日	4月 24日	8月8日	12月 10日
ichigatsu hatsuka	shigatsu nijuuyokka	hachigatsu yooka	juunigatsu tooka
伊七嘎豬 哈豬卡	西嘎豬 尼啾～悠ㄟ卡	哈七嘎豬 悠ㄟ卡	啾～尼嘎豬 豆～卡

您的生日是什麼時候？
お誕生日はいつですか。
たんじょうび
otanjoobi wa itsu desuka
歐它恩久～逼 哇 伊豬 爹酥卡

我12月出生。
12月生まれです。
じゅうにがつう
juunigatsu umare desu
啾～尼嘎豬 烏媽累 爹酥

我屬鼠。
ねずみ年です。
どし
nezumi doshi desu
內茲咪 都西 爹酥

② 我的星座

我是 ▢ 。

わたし
私は＋星座＋です。
watashi wa　　　　desu
哇它西 哇　　　　爹酥

水瓶座	獅子座	牡羊座	金牛座
みずがめ ざ 水瓶座	しし ざ 獅子座	おひつじ ざ 牡羊座	おうし ざ 牡牛座
mizugameza	shishiza	ohitsujiza	oushiza
咪茲嘎妹雜	西西雜	歐喝伊豬基雜	歐烏～西雜

▢ 是什麼樣的個性？

　　　　　　　　せいかく
星座＋はどんな性格ですか。
　　wa donna seekaku desuka
　　哇 都恩那 誰～卡枯 爹酥卡

雙子座	巨蟹座	雙魚座	處女座
ふた ご ざ 双子座	かに ざ 蟹座	うお ざ 魚座	おとめ ざ 乙女座
futagoza	kaniza	uoza	otomeza
夫它勾雜	卡尼雜	烏歐雜	歐豆妹雜

③ 從星座看個性

獅子座（的人）很活潑。
獅子座（の人）は明るいです。
shishiza(nohito)wa akarui desu
西西雜（諾喝伊豆）哇 阿卡魯伊 爹酥

很多天秤座都當女演員。
天秤座は女優が多いです。
tenbinza wa joyuu ga ooi desu
貼恩逼恩雜 哇 久尤～ 嘎 歐～伊 爹酥

雙魚座很有藝術天份。
魚座は芸術的才能があります。
uoza wa geejutsuteki sainoo ga arimasu
烏歐雜 哇 給～啾豬貼克伊 沙伊諾～ 嘎 阿里媽酥

魔羯座不缺錢。
山羊座はお金に困らないです。
yagiza wa okane ni komaranai desu
呀哥伊雜 哇 歐卡内 尼 寇媽拉那伊 爹酥

從星座來看兩個人很適合喔。
星座から見ると二人は合いますよ。
seeza kara miru to futari wa aimasuyo
誰～雜 卡拉 咪魯 豆 夫它里 哇 阿伊媽酥悠

完美主義	勤勞	誠實	悠閒
完璧主義	勤勉	誠実	のんびり
kanpekishugi	kinben	seejitsu	nonbiri
卡恩佩克伊咻哥伊	克伊恩貝恩	誰～基豬	諾恩逼里

7. 談夢想

① 我想當歌手

我想當____。

しょうらい
将来＋名詞＋になりたいです。
shoorai　　　　　ni naritai desu
休～拉伊　　　　　尼 那里它伊 爹酥

歌手	醫生	老師	護士
か しゅ	い しゃ	せんせい	かん ご ふ
歌手	医者	先生	看護婦
kashu	isha	sensee	kangofu
卡咻	伊蝦	誰恩誰～	卡恩勾夫

以後想做什麼？

しょうらい　 なに
将来、何になりたいですか。
shoorai,nani ni naritai desuka
休～拉伊,那尼 尼 那里它伊 爹酥卡

為什麼？

どうしてですか。
dooshite desuka
都～西貼 爹酥卡

因為喜歡唱歌。

うた　 す
歌が好きだからです。
uta ga suki dakara desu
烏它 嘎 酥克伊 答卡拉 爹酥

101

② 現在最想要的

現在最想要什麼？
Q：今、何がほしいですか。
ima, nani ga hoshii desuka
伊媽，那尼 嘎 后西～ 爹酥卡

想要 　　　 。
A：名詞＋がほしいです。
ga hoshii desu
嘎 后西～ 爹酥

車	情人	時間	錢
車	恋人	時間	お金
kuruma	koibito	jikan	okane
枯魯媽	寇伊逼豆	基卡恩	歐卡內

為什麼想要錢？
なぜ、お金がほしいですか。
naze, okane ga hoshii desuka
那瑞，歐卡內 嘎 后西～ 爹酥卡

因為想再進修。
もっと勉強したいからです。
motto benkyoo shitai kara desu
某～豆 貝恩卡悠～ 西它伊 卡拉 爹酥

因為想旅行。
旅行したいからです。
ryokoo shitai kara desu
溜寇～ 西它伊 卡拉 爹酥

③ 將來想住的家

將來想住什麼樣的房子？
Q：将来、どんな家に住みたいですか。
shoorai,donna ie ni sumitai desuka
休～拉伊,都恩那 伊耶 尼 酥咪它伊 爹酥卡

想住在　　　　。
A：名詞＋に住みたいです。
ni sumitaidesu
尼 酥咪它伊爹酥

很大的房子	高級公寓	別墅	透天厝
大きな 家	マンション	別荘	一戸建て
ookina ie	manshon	bessoo	ikkodate
歐～克伊那 伊耶	媽恩休恩	貝～捜～	伊～寇答貼

想住什麼樣的城鎮？
Q：どんな町に住みたいですか。
donna machi ni sumitai desuka
都恩那 媽七 尼 酥咪它伊 爹酥卡

想住在　　　　城鎮。
A：形容詞＋町に住みたいです。
machi ni sumitai desu
媽七 尼 酥咪它伊 爹酥

熱鬧的	很多綠地的
にぎやかな	緑の多い
nigiyakana	midori no ooi
尼哥伊呀卡那	咪都里 諾 歐～伊

Note

第五章
旅遊日語

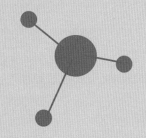

1 在機內

___在哪裡？
名詞＋はどこですか。
wa doko desuka
哇 都寇 爹酥卡

我的座位
<ruby>私<rt>わたし</rt></ruby>の<ruby>席<rt>せき</rt></ruby>
watashi no seki
哇它西 諾 誰克伊

洗手間
トイレ
toire
豆伊累

行李放不進去。
<ruby>荷物<rt>にもつ</rt></ruby>が<ruby>入<rt>はい</rt></ruby>りません。
nimotsu ga hairimasen
尼某豬 嘎 哈伊里媽誰恩

請借我過。
<ruby>通<rt>とお</rt></ruby>してください。
tooshite kudasai
豆〜西貼 枯答沙伊

希望能換座位。
<ruby>席<rt>せき</rt></ruby>を<ruby>替<rt>か</rt></ruby>えてほしいです。
seki o kaete hoshii desu
誰克伊 歐 卡耶貼 后西〜 爹酥

可以將椅背倒下嗎？
<ruby>席<rt>せき</rt></ruby>を<ruby>倒<rt>たお</rt></ruby>してもいいですか。
seki o taoshitemo ii desuka
誰克伊 歐 它歐西貼某 伊〜 爹酥卡

② 機內服務（一）

請給我 ___ 。

名詞＋をください。
o kudasai
歐 枯答沙伊

牛肉	雞肉	水
ビーフ	チキン	水（みず）
biifu	chikin	mizu
逼～夫	七克伊恩	咪茲

毛毯	枕頭	入境卡
毛布（もうふ）	枕（まくら）	入国カード（にゅうこく）
moofu	makura	nyuukoku kaado
某～夫	媽枯拉	牛～寇枯 卡～都

有 ___ 嗎？

名詞＋はありますか。
wa arimasuka
哇 阿里媽酥卡

日本報紙	暈車藥
日本（にほん）の新聞（しんぶん）	酔（よ）い止（ど）め薬（ぐすり）
nihon no shinbun	yoidome gusuri
尼后恩 諾 西恩布恩	悠伊都妹 估酥里

107

③ 機內服務（二）

請再給我一杯。
もう一杯ください。
もう<ruby>一杯<rt>いっぱい</rt></ruby>ください。
moo ippai kudasai
某～ 伊ㄟ趴伊 枯答沙伊

是免費嗎？
<ruby>無料<rt>む りょう</rt></ruby>ですか。
muryoo desuka
母溜～ 爹酥卡

身體不舒服嗎？
<ruby>気分<rt>き ぶん</rt></ruby>が<ruby>悪<rt>わる</rt></ruby>いですか。
kibun ga warui desuka
克伊布恩 嘎 哇魯伊 爹酥卡

什麼時候到達？
いつ<ruby>着<rt>つ</rt></ruby>きますか。
itsu tsukimasuka
伊豬 豬克伊媽酥卡

再20分鐘。
あと20<ruby>分<rt>にじゅっぷん</rt></ruby>です。
ato nijuppun desu
阿豆 尼啾ㄟ撲恩 爹酥

雜誌	耳機	香煙	葡萄酒
<ruby>雑誌<rt>ざっし</rt></ruby>	ヘッドホン	タバコ	ワイン
zasshi	heddohon	tabako	wain
雜ㄟ西	黑ㄟ都后恩	它拔寇	哇伊恩

④ 通關（一）

旅行目的為何？

Q：旅行の目的は何ですか。

ryokoo no mokuteki wa nan desuka

溜寇～ 諾 某枯貼克伊 哇 那恩爹酥卡

是 ▢▢▢▢ 。

A：名詞＋です。

desu

爹酥

觀光	留學	工作	會議
観光	留学	仕事	会議
kankoo	ryuugaku	shigoto	kaigi
卡恩寇～	里伊烏～嘎枯	西勾豆	卡伊哥伊

從事什麼職業？

職業は何ですか。

shokugyoo wa nan desuka

休枯克悠～ 哇 那恩 爹酥卡

學生

学生です。

gakusee desu

嘎枯誰～ 爹酥

上班族

サラリーマンです。

sarariiman desu

沙拉里～媽恩 爹酥

粉領族

OLです。

ooeru desu

歐～耶魯 爹酥

5 通關（二）

要住在哪裡？
Q：どこに滞在しますか。
doko ni taizai shimasuka
都寇 尼 它伊雜伊 西媽酥卡

　　　　　。
A：名詞＋です。
　　　　desu
　　　　爹酥

ABC飯店	朋友家
ＡＢＣホテル	友人の家
eebiishii hoteru	yuujin no ie
耶~逼~西~ 后貼魯	尤~基恩 諾 伊耶

要待幾天？
Q：何日滞在しますか。
nannichi taizai shimasuka
那恩尼七 它伊雜伊 西媽酥卡

　　　　　。
A：期間＋です。
　　　　desu
　　　　爹酥

五天	一星期	兩星期	一個月
五日間	一週間	二週間	一ヶ月
itsukakan	isshuukan	nishuukan	ikkagetsu
伊豬卡卡恩	伊ㄟ咻~卡恩	尼咻~卡恩	伊ㄟ卡給豬

⑥ 通關（三）

請幫我　　　。

動詞＋ください。
kudasai
枯答沙伊

開	讓我看	等	說
開けて	見せて	待って	言って
akete	misete	matte	itte
阿克耶貼	咪誰貼	媽ㄟ貼	伊ㄟ貼

這是什麼？

Q: これは何ですか。
kore wa nan desuka
寇累 哇 那恩 爹酥卡

　　　跟　　　。

A: 名詞＋と＋名詞＋です。
　　　　　to　　　　desu
　　　　　豆　　　　爹酥

日常用品　名產	衣服　香煙
日常品／お土産	洋服／タバコ
nichijoohin omiyage	yoofuku tabako
尼七久~喝伊恩 歐咪呀給	悠~夫枯 它拔寇

⑦ 出國（買機票）

請到 ＿＿＿ 。

場所＋までお願いします。
made onegai shimasu
媽爹 歐內嘎伊 西媽酥

台北	日本	香港	北京
タイペイ 台北	に ほん 日本	ホンコン 香港	ペ キン 北京
taipee	nihon	honkon	pekin
它伊佩～	尼后恩	后恩寇恩	佩克伊恩

日本航空櫃檯在哪裡？
にほんこうくう
日本航空のカウンターはどこですか。
nihonkookuu no kauntaa wa doko desuka
尼后恩寇～枯～ 諾 卡烏恩它～ 哇 都寇 爹酥卡

我要辦登機手續。

チェックインします。
chekkuin shimasu
切～枯伊恩 西媽酥

有靠窗的座位嗎？
まどがわ　せき
窓側の席はありますか。
madogawa no seki wa arimasuka
媽都嘎哇 諾 誰克伊 哇 阿里媽酥卡

112

8 換錢

請　　　　。	兌幣	簽名
名詞＋してくささい。 shite kudasai 西貼 枯答沙伊	両替 （りょうがえ） ryoogae 溜～嘎耶	サイン sain 沙伊恩

換成日圓。

日本円に。
（にほんえん）
nihonen ni
尼后恩耶恩 尼

請換成五萬日圓。

５万円に両替してください。
（ごまんえん　りょうがえ）
gomanen ni ryoogaeshite kudasai
勾媽恩耶恩 尼 溜～嘎耶西貼 枯答沙伊

也請給我一些零鈔。

小銭も混ぜてください。
（こぜに　ま）
kozeni mo mazete kudasai
寇瑞尼 某 媽瑞貼 枯答沙伊

請讓我看一下護照。

パスポートを見せてください。
（み）
pasupooto o misete kudasai
趴酥剖～豆 歐 咪誰貼 枯答沙伊

113

9 打電話

給我一張電話卡。

テレホンカード一枚(いちまい)ください。

terehonkaado ichimai kudasai

貼累后恩卡～都 伊七媽伊 枯答沙伊

喂，我是台灣小李。

もしもし、台湾(タイワン)の李(リー)です。

moshi moshi,taiwan no rii desu

某西 某西,它伊哇恩 諾 里～ 爹酥

陽子小姐在嗎？

陽子(ようこ)さんはいらっしゃいますか。

yookosan wa irasshaimasuka

悠～寇沙恩 哇 伊拉ㄟ蝦伊媽酥卡

我剛到日本。

ただいま、日本(にほん)に着(つ)きました。

tadaima,nihon ni tsukimashita

它答伊媽,尼后恩 尼 豬克伊媽西它

那麼就在新宿車站見面吧。

では、新宿駅(しんじゅくえき)で会(あ)いましょう。

dewa,shinjukueki de aimashoo

爹哇,西恩啾枯耶克伊 爹 阿伊媽休～

打電話	留言	外出中	不在家
電話(でんわ)する	メッセージ	外出中(がいしゅつちゅう)	留守(るす)
denwasuru	messeeji	gaishutsuchuu	rusu
爹恩哇酥魯	妹ㄟ誰～基	嘎伊咻豬七烏～	魯酥

⑩ 郵局

麻煩寄　　　　。

名詞＋でお願いします。
de onegai shimasu
爹 歐內嘎伊 西媽酥

空運	船運	掛號	包裹
こうくうびん	ふなびん	かきとめ	こづつみ
航空便	船便	書留	小包
kookuubin	funabin	kakitome	kozutsumi
寇~枯~逼恩	夫那逼恩	卡克伊豆妹	寇茲豬咪

費用多少？

りょうきん
料金はいくらですか。
ryookin wa ikura desuka
溜~克伊恩 哇 伊枯拉 爹酥卡

麻煩寄到台灣。

タイワン　　　　ねが
台湾までお願いします。
taiwan made onegai shimasu
它伊哇恩 媽爹 歐內嘎伊 西媽酥

請給我明信片10張。

じゅうまい
はがきを１０枚ください。
hagaki o juumai kudasai
哈嘎克伊 歐 啾~媽伊 枯答沙伊

11 在機場預約飯店

多少錢？
名詞＋いくらですか。
ikura desuka
伊枯拉 麥酥卡

一晚	一個人	雙人房（兩張單人床）	雙人房（一張雙人床）
一泊	一人	ツインで	ダブルで
いっぱく	ひとり		
ippaku	hitori	tsuin de	daburu de
伊～趴枯	喝伊豆里	豬伊恩 麥	答布鲁 麥

我想預約。

予約したいです。
よやく
yoyakushitai desu
悠呀枯西它伊 麥酥

有附早餐嗎？

朝 食はつきますか。
ちょうしょく
chooshoku wa tsukimasuka
秋～休枯 哇 豬克伊媽酥卡

那樣就可以了。

それでお願いします。
ねが
sorede onegai shimasu
搜累麥 歐內嘎伊 西媽酥

⑫ 坐機場巴士

有去ABC飯店嗎？
ＡＢＣホテルへ行きますか。
eebiishii hoteru e ikimasuka
耶～逼～西～ 后貼魯 耶 伊克伊媽酥卡

下一班巴士幾點？
次のバスは何時ですか。
tsugi no basu wa nanji desuka
豬哥伊 諾 拔酥 哇 那恩基 爹酥卡

給我一張到新宿的票。
新宿まで一枚ください。
shinjuku made ichimai kudasai
西恩啾枯 媽爹 伊七媽伊 枯答沙伊

請往右側出口出去。
右側の出口に出てください。
migigawa no deguchi ni dete kudasai
咪哥伊嘎哇 諾 爹估七 尼 爹貼 枯答沙伊

請在3號乘車處上車。
3番乗り場で乗車してください。
sanban noriba de jooshashite kudasai
沙恩拔恩 諾里拔 爹 久～蝦西貼 枯答沙伊

（車）票	販售處	機場巴士	乘車處
切符	売り場	リムジンバス	乗り場
kippu	uriba	rimujinbasu	noriba
克伊へ撲	烏里拔	里母基恩拔酥	諾里拔

2. 到飯店

1 在櫃臺

麻煩 ＿＿＿＿。	住宿登記	行李
名詞＋をお願いします。	チェックイン	荷物
o onegai shimasu	chekkuin	nimotsu
歐 歐內嘎伊 西媽酥	切ㄟ枯伊恩	尼某豬

有預約。
予約してあります。
yoyakushite arimasu
悠呀枯西貼 阿里媽酥

沒預約。
予約してありません。
yoyakushite arimasen
悠呀枯西貼 阿里媽誰恩

幾點退房？
チェックアウトは何時ですか。
chekkuauto wa nanji desuka
切ㄟ枯阿烏豆 哇 那恩基 爹酥卡

麻煩我要刷卡。
カードでお願いします。
kaado de onegai shimasu
卡～都 爹 歐內嘎伊 西媽酥

118

② 住宿中的對話

請　　　　　。

名詞＋動詞＋ください。
kudasai
枯答沙伊

更換　房間	借我　熨斗	搬運　行李	告訴我　地方
部屋を／変えて	アイロンを／貸して	荷物を／運んで	場所を／教えて
heya o kaete	airon o kashite	nimotsu o hakonde	basho o oshiete
黑呀 歐 卡耶貼	阿伊落恩 歐 卡西貼	尼某豬 歐 哈寇恩爹	拔休 歐 歐西耶貼

請打掃房間。

部屋を掃除してください。
heya o soojishite kudasai
黑呀 歐 搜～基西貼 枯答沙伊

請再給我一條毛巾。

タオルをもう一枚ください。
taoru o moo ichimai kudasai
它歐魯 歐 某～ 伊七媽伊 枯答沙伊

鑰匙不見了。

鍵をなくしました。
kagi o nakushimashita
卡哥伊 歐 那枯西媽西它

③ 客房服務

100號客房。
100号室です。
hyaku gooshitsu desu
喝呀枯 勾～西豬 爹酥

我要客房服務。
ルームサービスをお願いします。
ruumusaabisu o onegai shimasu
魯～母沙～逼酥 歐 歐內嘎伊 西媽酥

給我一客披薩。
ピザを一つください。
piza o hitotsu kudasai
披雜 歐 喝伊豆豬 枯答沙伊

我要送洗。
洗濯物をお願いします。
sentakumono o onegai shimasu
誰恩它枯某諾 歐 歐內嘎伊 西媽酥

早上6點請叫醒我。
朝6時にモーニングコールをお願いします。
asa rokuji ni mooningukooru o onegai shimasu
阿沙 落枯基 尼 某～尼恩估寇～魯 歐 歐內嘎伊 西媽酥

床單	枕頭	棉被	衛生紙
シーツ	枕	布団	トイレットペーパー
shiitsu	makura	futon	toirettopeepaa
西～豬	媽枯拉	夫豆恩	豆伊累～豆佩～趴～

④ 退房

我要退房。

チェックアウトします。

chekkuauto shimasu

切ㄟ枯阿烏豆 西媽酥

這是什麼？

これは何_{なん}ですか。

kore wa nan desuka

寇累 哇 那恩 爹酥卡

沒有使用迷你吧。

ミニバーは利用_{りょう}していません。

minibaa wa riyooshite imasen

咪尼拔～ 哇 里悠～西貼 伊媽誰恩

請給我收據。

領収書_{りょうしゅうしょ}をください。

ryooshuusho o kudasai

溜～咻～休 歐 枯答沙伊

多謝關照。

お世話_{せわ}になりました。

osewa ni narimashita

歐誰哇 尼 那里媽西它

冰箱	明細	稅金	服務費
冷蔵庫_{れいぞうこ}	明細_{めいさい}	稅金_{ぜいきん}	サービス料_{りょう}
reezooko	meesai	zeekin	saabisuryoo
累～宙～寇	妹～沙伊	瑞～克伊恩	沙～逼酥溜～

3. 用餐

1 逛商店街

＿＿＿ 多少錢？
名詞＋數量＋いくらですか。
ikura desuka
伊枯拉 爹酥卡

這個　一個	蘋果　一堆
これ／一つ	りんご／一山
kore hitotsu	ringo hitoyama
寇累 喝伊豆豬	里恩勾 喝伊豆呀媽

歡迎光臨。
いらっしゃいませ。
irasshai mase
伊拉ヘ 蝦伊 媽誰

可以試吃嗎？
試食してもいいですか。
shishokushitemo ii desuka
西休枯西貼某 伊～ 爹酥卡

這個請給我一盒。
これをワンパックください。
kore o wanpakku kudasai
寇累 歐 哇恩趴ヘ枯 枯答沙伊

算我便宜一點嘛。
まけてくださいよ。
makete kudasaiyo
媽克耶貼 枯答沙伊悠

② 在速食店

給我 ＿＿＿ 。

名詞＋數量＋ください。
kudasai
枯答沙伊

漢堡 兩個	可樂 三杯	蕃茄醬 一個	薯條 四包
ハンバーガー/二つ	コーラ/三つ	ケチャップ/一つ	フライポテト/四つ
hanbaagaa futatsu	koora mittsu	kecchappu hitotsu	furaipoteto yottsu
哈恩拔~嘎~ 夫它豬	寇~拉 咪~豬	克耶洽~撲 喝伊豆豬	夫拉伊剖貼豆 悠~豬

我可樂要中杯。

コーラはMです。
koora wa emu desu
寇~拉 哇 耶母 爹酥

在這裡吃。

ここで食べます。
koko de tabemasu
寇寇 爹 它貝媽酥

外帶。

テックアウトします。
tekkuauto shimasu
貼へ枯阿烏豆 西媽酥

③ 在便利商店

便當要加熱嗎？
お弁当を温めますか。
obentoo o atatamemasuka
歐貝恩豆～歐 阿它它妹媽酥卡

幫我加熱。
温めてください。
atatamete kudasai
阿它它妹貼 枯答沙伊

需要筷子嗎？
お箸は要りますか。
ohashi wa irimasuka
歐哈西 哇 伊里媽酥卡

收您一千日圓。
千円からお預かりします。
senen kara oazukari shimasu
誰恩耶恩 卡拉 歐阿茲卡里 西媽酥

找您兩百日圓。
２百円のおつりです。
nihyakuen no otsuri desu
尼喝呀枯耶恩 諾 歐豬里 爹酥

便利商店	收銀台	果汁	袋子
コンビニ	レジ	ジュース	袋
konbini	reji	juusu	fukuro
寇恩逼尼	累基	啾～酥	夫枯落

4　找餐廳

附近有 ＿＿＿ 嗎？

近^{ちか}くに＋形容詞＋商店＋はありますか。
chikaku ni　　　　　　　　　wa arimasuka
七卡枯 尼　　　　　　　　　哇 阿里媽酥卡

好吃的 餐廳	便宜的 拉麵店	不錯的 壽司店	有趣的 商店
おいしい／レストラン	安^{やす}い／ラーメン屋^や	いい／寿司屋^{すしや}	おもしろい／店^{みせ}
oishii resutoran	yasui raamenya	ii sushiya	omoshiroi mise
歐伊西～ 累酥豆拉恩	呀酥伊 拉～妹恩呀	伊～ 酥西呀	歐某西落伊 咪誰

價錢多少？
値段^{ねだん}はどれくらいですか。
nedan wa dorekurai desuka
內答恩 哇 都累枯拉伊 爹酥卡

好吃嗎？
おいしいですか。
oishii desuka
歐伊西～ 爹酥卡

地方在哪裡？
場所^{ばしょ}はどこですか。
basho wa doko desuka
拔休 哇 都寇 爹酥卡

5 打電話預約

。

時間＋數量＋です。
desu
爹酥

今晚7點　兩人	明晚8點　四人
こんばんしちじ　　　ふたり	あした　　よるはちじ　　よにん
今晚７時／二人	明日の夜八時／四人
konban shichiji futari	ashita no yoru hachiji yonin
寇恩拔恩 西七基 夫它里	阿西它 諾 悠魯 哈亡基 悠尼恩

我姓李。
リー　　もう
李と申します。
rii to mooshimasu
里～ 豆 某～西媽酥

套餐多少錢？
コースはいくらですか。
koosu wa ikura desuka
寇～酥 哇 伊枯拉 爹酥卡

請給我靠窗的座位。
まどがわ　せき　　ねが
窓側の席をお願いします。
madogawa no seki o onegai shimasu
媽都嘎哇 諾 誰克伊 歐 歐內嘎伊 西媽酥

請傳真地圖給我。
ちず
地図をファックスしてください。
chizu o fakkusu shite kudasai
七茲歐 發ㄟ枯酥 西貼 枯答沙伊

126

6 進入餐廳

我姓李。預約7點。
李です。7時に予約してあります。
ril desu, shichiji ni yoyakushite arimasu
里~ 爹酥, 西七基 尼 悠呀枯西貼 阿里媽酥

四人。
4人です。
yonin desu
悠尼恩 爹酥

有非吸煙區嗎？
禁煙席はありますか。
kinenseki wa arimasuka
克伊恩耶恩誰克伊 哇 阿里媽酥卡

沒有預約。
予約してありません。
yoyakushite arimasen
悠呀枯西貼 阿里媽誰恩

要等多久？
どれくらい待ちますか。
dorekurai machimasuka
都累枯拉伊 媽七媽酥卡

吸煙區	包箱	客滿	有位子
喫煙席	個室	満員	空く
kitsuenseki	koshitsu	manin	aku
克伊豬耶恩誰克伊	寇西豬	媽恩伊恩	阿枯

７ 點餐

請給我菜單。

メニューを見せてください。

menyuu o misete kudasai

妹牛～ 歐 咪誰貼 枯答沙伊

我要點菜。

注文をお願いします。

chuumon o onegai shimasu

七烏～某恩 歐 歐内嘎伊 西媽酥

招牌菜是什麼？

お勧め料理は何ですか。

osusumeryoori wa nan desuka

歐酥酥妹溜～里 哇 那恩 爹酥卡

我要 _____ 。

料理＋にします。

ni shimasu

尼 西媽酥

天婦羅套餐	梅花套餐	A套餐	那個
天ぷら定食	梅定食	Aコース	それ
tenpura teeshoku	ume teeshoku	ee koosu	sore
貼恩撲拉 貼～休枯	烏妹 貼～休枯	耶～ 寇～酥	搜累

⑧ 點飲料

飲料呢？
Q: お飲み物は？
onomimono wa
歐諾咪某諾 哇

給我 ⬜⬜⬜⬜⬜ 。
A: 飲料＋を＋數量＋ください。
　　　　　　o　　　　kudasai
　　　　　歐　　　　枯答沙伊

啤酒　兩杯	果汁　一杯	咖啡　三杯	紅茶　一杯
ビール／二つ	ジュース／一つ	コーヒー／三つ	紅茶／一つ
biiru futatsu	juusu hitotsu	koohii mittsu	koocha hitotsu
逼~魯 夫它豬	啾~酥 喝伊豆豬	寇~喝伊~ 咪~豬	寇~洽 喝伊豆豬

飲料要飯前還是飯後送？
お飲み物は食前ですか、食後ですか。
onomimono wa shokuzen desuka,shokugo desuka
歐諾咪某諾 哇 休枯瑞恩 爹酥卡，休枯勾 爹酥卡

請飯後再上。
食後にお願いします。
shokugo ni onegai shimasu
休枯勾 尼 歐內嘎伊 西媽酥

⑨ 進餐後付款

麻煩結帳。
お勘定をお願いします。
<ruby>勘定<rt>かんじょう</rt></ruby> <ruby>願<rt>ねが</rt></ruby>
okanjoo o onegai shimasu
歐卡恩久～ 歐 歐內嘎伊 西媽酥

請分開結帳。
別々でお願いします。
<ruby>別々<rt>べつべつ</rt></ruby> <ruby>願<rt>ねが</rt></ruby>
betsubetsu de onegai shimasu
貝豬貝豬 爹 歐內嘎伊 西媽酥

請一次付清。
一括でお願いします。
<ruby>一括<rt>いっかつ</rt></ruby> <ruby>願<rt>ねが</rt></ruby>
ikkatsu de onegai shimasu
伊ㄟ卡豬 爹 歐內嘎伊 西媽酥

我要刷卡。
カードでお願いします。
<ruby>願<rt>ねが</rt></ruby>
kaado de onegai shimasu
卡～都 爹 歐內嘎伊 西媽酥

謝謝您的招待。
ご馳走様でした。
<ruby>馳走様<rt>ちそうさま</rt></ruby>
gochisoosama deshita
勾七搜～沙媽 爹西它

點菜	費用	現金	付錢
注文	費用	現金	払う
ちゅうもん	ひょう	げんきん	はら
chuumon	hiyoo	genkin	harau
七烏～某恩	喝伊悠～	給恩克伊恩	哈拉烏

4. 交通　　　T-114

1 坐電車

我想到 ＿＿＿。
場所＋まで行きたいです。
made ikitai desu
媽爹 伊克伊它伊 爹酥

澀谷車站	原宿車站
しぶやえき 渋谷駅	はらじゅくえき 原宿駅
shibuya eki	harajuku eki
西布呀 耶克伊	哈拉啾枯 耶克伊

下一班電車幾點到？
つぎ　でんしゃ　なんじ
次の電車は何時ですか。
tsugi no densha wa nanji desuka
豬哥伊 諾 爹恩蝦 哇 那恩基 爹酥卡

會停秋葉原車站嗎？
あきはばらえき
秋葉原駅にとまりますか。
akihabara eki ni tomarimasuka
阿克伊哈拔拉 耶克伊 尼 豆媽里媽酥卡

在品川車站換車嗎？
しながわえき　の　か
品川駅で乗り換えますか。
shinagawa eki de norikaemasuka
西那嘎哇 耶克伊 爹 諾里卡耶媽酥卡

下一站哪裡？
つぎ　えき
次の駅はどこですか。
tsugi no eki wa doko desuka
豬哥伊 諾 耶克伊 哇 都寇 爹酥卡

② 坐公車

公車站在哪裡？
バス停はどこですか。
basutee wa doko desuka
拔酥貼～ 哇 都寇 蓼酥卡

這台公車有到東京車站嗎？
このバスは東京駅へ行きますか。
kono basu wa tookyoo eki e ikimasuka
寇諾 拔酥 哇 豆～卡悠～ 耶克伊 耶 伊克伊媽酥卡

幾號公車能到？
何番のバスが行きますか。
nanban no basu ga ikimasuka
那恩拔恩 諾 拔酥 嘎 伊克伊媽酥卡

東京車站在第幾站？
東京駅はいくつ目ですか。
tookyoo eki wa ikutume desuka
豆～卡悠～ 耶克伊 哇 伊枯豬妹 蓼酥卡

到了請告訴我。
着いたら教えてください。
tsuitara oshiete kudasai
豬伊它拉 歐西耶貼 枯答沙伊

路線圖	往	乘車券	門
路線図	行き	乗車券	ドア
rosenzu	iki	jooshaken	doa
落誰恩茲	伊克伊	久～蝦克耶恩	都阿

132

③ 坐計程車

請到〔　　〕**。**
場所＋までお願（ねが）いします。
made onegai shimasu
媽爹 歐内嘎伊 西媽酥

王子飯店	上野車站
プリンスホテル	上野駅（うえ の えき）
purinsu hoteru	ueno eki
撲里恩酥 后貼魯	烏耶諾 耶克伊

這裡（拿紙給對方看）

ここ（紙（かみ）を見（み）せる）
koko (kami o miseru)
寇寇 （卡咪 歐 咪誰魯）

到那裡要花多少時間？

そこまでどれくらいかかりますか。
soko made dorekurai kakarimasuka
搜寇 媽爹 都累枯拉伊 卡卡里媽酥卡

請右轉。

右（みぎ）に曲（ま）がってください。
migi ni magatte kudasai
咪哥伊 尼 媽嘎へ貼 枯答沙伊

這裡就可以了。

ここでいいです。
koko de iidesu
寇寇 爹 伊～爹酥

4 租車子

我想租車。
車を借りたいです。
kuruma o karitai desu
枯魯媽 歐 卡里它伊 爹酥

押金多少錢？
保証金はいくらですか。
hoshookin wa ikura desuka
后休～克伊恩 哇 伊枯拉 爹酥卡

有附保險嗎？
保険はついていますか。
hoken wa tsuite imasuka
后克耶恩 哇 豬伊貼 伊媽酥卡

車子故障了。
車が故障しました。
kuruma ga koshoo shimashita
枯魯媽 嘎 寇休～ 西媽西它

這台車還你。
この車を返します。
kono kuruma o kaeshimasu
寇諾 枯魯媽 歐 卡耶西媽酥

租車	國際駕駛執照	契約書	爆胎
レンタカー	国際運転 免許証	契約書	パンク
rentakaa	kokusaiunten menkyoshoo	keeyakusho	panku
累恩它卡～	寇枯沙伊恩免貼恩 咪喔卡悠休～	客～呀枯休	趴恩枯

旅遊日語

5 迷路了

上野車站在哪裡？

上野駅はどこですか。
うえ の えき

ueno eki wa doko desuka

烏耶諾 耶克伊 哇 都寇 蓼酥卡

請沿這條路直走。

この道をまっすぐ行ってください。
みち　　　　　　　い

kono michi o massugu itte kudasai

寇諾 咪七 歐 媽ㄟ酥估 伊ㄟ貼 枯答沙伊

請在下一個紅綠燈處右轉。

次の信号を右に曲がってください。
つぎ　しんごう　みぎ　ま

tsugi no shingoo o migi ni magatte kudasai

豬哥伊 諾 西恩勾～ 歐 咪哥伊 尼 媽嘎ㄟ貼 枯答沙伊

上野車站在左邊。

上野駅は左側にあります。
うえ の えき　ひだりがわ

uenoeki wa hidarigawa ni arimsu

烏耶諾耶克伊 哇 喝伊答里嘎哇 尼 阿里媽酥

名詞＋は＋形容詞＋ですか？		
	嗎？	
	wa	desuka
	哇	蓼酥卡

車站	遠	那裡	近
駅 えき	遠い とお	そこ	近い ちか
eki tooi		soko chikai	
耶克伊 豆～伊		搜寇 七卡伊	

135

5. 觀光

① 在旅遊詢問中心

想 ＿＿＿＿。

名詞＋を（へ…）＋動詞＋たいです。
　　　　o　e　　　　　　　　tai desu
　　　　歐　耶　　　　　　　它伊 爹酥

看　煙火	看　慶典	去　迪士尼樂園
花火を／見	お祭りを／見	ディズニーランドへ／行き
hanabi o mi	omatsuri o mi	dizuniirando e iki
哈那逼 歐 咪	歐媽豬里 歐 咪	低茲尼~拉恩都 耶 伊克伊

請給我地圖

地図をください。
chizu o kudasai
七茲 歐 枯答沙伊

博物館現在有開嗎？

博物館は今開いていますか。
hakubutsukan wa ima aite imasuka
哈枯布豬卡恩 哇 伊媽 阿伊貼 伊媽酥卡

這裡可以買票嗎？

ここでチケットは買えますか。
koko de chiketto wa kaemasuka
寇寇 爹 七克耶へ豆 哇 卡耶媽酥卡

② 跟旅行團

我要 ＿＿＿。
名詞＋がいいです。
ga ii desu
嘎 伊～ 爹酥

一日行程	下午行程
一日コース	午後コース
ichinichi koosu	gogo koosu
伊七尼七 寇~酥	勾勾 寇~酥

有附餐嗎？
食事は付きますか。
shokuji wa tsukimasuka
休枯基 哇 豬克伊媽酥卡

幾點出發？
出発は何時ですか。
shuppatsu wa nanji desuka
咻～趴豬 哇 那恩基 爹酥卡

幾點回來？
何時に戻りますか。
nanji ni modorimasuka
那恩基 尼 某都里媽酥卡

旅行團	半天	活動	免費
ツアー	半日	イベント	無料
tsuaa	hannichi	ibento	muryoo
豬阿～	哈恩尼七	伊貝恩豆	母溜～

3 拍照

可以 ＿＿＿ 嗎？

名詞＋を＋動詞＋もいいですか。
　　　　　　o　　　　　mo ii desuka
　　　　　歐　　　　某 伊～ 爹酥卡

照　相	抽　煙
写真（しゃしん）／撮（と）って	タバコ／吸（す）って
shashin totte	tabako sutte
蝦西恩 豆ヘ貼	它拔寇 酥ヘ貼

可以幫我拍照嗎？
写真（しゃしん）を撮（と）っていただけますか。
shashin o totte itadakemasuka
蝦西恩 歐 豆ヘ貼 伊它答克耶媽酥卡

只要按這裡就行了。
ここを押（お）すだけです。
koko o osu dake desu
寇寇 歐 歐酥 答克耶 爹酥

可以一起照個相嗎？
一緒（いっしょ）に写真（しゃしん）を撮（と）ってもいいですか。
issho ni shashin o tottemo ii desuka
伊ヘ休 尼 蝦西恩 歐 豆ヘ貼某 伊～ 爹酥卡

麻煩再拍一張。
もう一枚（いちまい）お願（ねが）いします。
moo ichimai onegai shimasu
某～ 伊七媽伊 歐内嘎伊 西媽酥

④ 到美術館、博物館

呀。
形容詞＋名詞＋ですね。 desune 豗酥内

好棒的　畫	好漂亮的　和服	好傑出的　作品	好壯觀的　建築物
すてき　え 素敵な／絵	きれい　きもの 綺麗な／着物	さくひん すばらしい／作品	たてもの すごい／建物
suteki na e	kiree na kimono	subarasii sakuhin	sugoi tatemono
酥貼克伊那 耶	克伊累~ 那 克伊某諾	酥梛拉西~ 沙枯嗚伊恩	酥勾伊 它貼某諾

入場費多少？

にゅうじょうりょう
入場料はいくらですか。
nyuujooryoo wa ikura desuka
牛~久~溜~ 哇 伊枯拉 豗酥卡

有館內導遊服務嗎？

かんない
館内ガイドはいますか。
kannai gaido wa imasuka
卡恩那伊 嘎伊都 哇 伊媽酥卡

幾點休館？

なんじ　　へいかん
何時に閉館ですか。
nanji ni heekan desuka
那恩基 尼 黑~卡恩 豗酥卡

5 買票

給我　　　　。
名詞＋數量＋お願いします。
onegai shimasu
歐內嘎伊　西媽酥

成人票　兩張	學生票　一張
大人／二枚	学生／一枚
otona nimai	gakusee ichimai
歐豆那　尼媽伊	嘎枯誰～　伊七媽伊

售票處在哪裡？
チケット売り場はどこですか。
chiketto uriba wa doko desuka
七克耶へ豆　烏里拔　哇　都寇　爹酥卡

學生有折扣嗎？
学生割引はありますか。
gakusee waribiki wa arimasuka
嘎枯誰～　哇里逼克伊　哇　阿里媽酥卡

我要一樓的位子。
１階の席がいいです。
ikkai no seki ga ii desu
伊へ卡伊　諾　誰克伊　嘎　伊～　爹酥

有沒有更便宜的座位？
もっと安い席はありますか。
motto yasui seki wa arimasuka
某へ豆　呀酥伊　誰克伊　哇　阿里媽酥卡

6 看電影、聽演唱會

想看＿＿＿。

名詞＋を見たいです。
o mitai desu
歐 咪它伊 爹酥

電影	音樂會
映画	コンサート
eega	konsaato
耶～嘎	寇恩沙～豆

目前受歡迎的電影是哪一部？
今、人気のある映画は何ですか。
ima,ninki no aru eega wa nan desuka
伊媽,尼恩克伊 諾 阿魯 耶～嘎 哇 那恩 爹酥卡

會上映到什麼時候？
いつまで上演していますか。
itsu made jooen shite imasuka
伊豬 媽爹 久～耶恩 西貼 伊媽酥卡

下一場幾點上映？
次の上映は何時ですか。
tsugi no jooen wa nanji desuka
豬哥伊 諾 久～耶恩 哇 那恩基 爹酥卡

幾分前可進場？
何分前に入りますか。
nanpunmae ni hairimasuka
那恩撲恩媽耶 尼 哈伊里媽酥卡

141

⑦ 去唱卡拉OK

多少錢。

數量＋いくらですか。
ikura desuka
伊枯拉 爹酥卡

一小時	一個人
いちじかん	ひとり
一時間	一人
ichijikan	hitori
伊七基卡恩	喝伊豆里

去卡拉OK吧。

カラオケに行きましょう。
karaoke ni ikimashoo
卡拉歐克耶 尼 伊克伊媽休～

基本消費多少？

基本 料金はいくらですか。
kihonryookin wa ikuradesuka
克伊后恩溜～克伊恩 哇 伊枯拉爹酥卡

可以延長嗎？

延長はできますか。
enchoo wa dekimasuka
耶恩秋～ 哇 爹克伊媽酥卡

遙控器如何使用？

リモコンはどうやって使いますか。
rimokon wa dooyatte tsukaimasuka
里某寇恩 哇 都～呀ㄟ貼 豬卡伊媽酥卡

8 去算命

___ 的 ___ 如何？

時間＋の＋名詞＋はどうですか。

no　　　　wa doo desuka

諾　　　哇 都～ 爹酥卡

今年 運勢	明年 財運	這個月 工作運	這星期 愛情運勢
今年（ことし）／運勢（うんせい）	来年（らいねん）／金銭運（きんせんうん）	今月（こんげつ）／仕事運（しごとうん）	今週（こんしゅう）／愛情運（あいじょううん）
kotoshi unsee	rainen kinsenun	kongetsu shigotoun	konshuu aijooun
寇豆西 烏恩誰～	拉伊內恩 克伊恩誰恩烏恩	寇恩給豬 西勾豆烏恩	寇恩咻～ 阿伊久～烏恩

我出生於1972年9月18日

1972年（せんきゅうひゃくななじゅうにねん）　9月（くがつ）　18日（じゅうはちにち）　生（う）まれです。

sen kyuuhyaku nanajuu ni nen kugatsu juuhachinichi umaredesu

誰恩 卡伊烏～喝呀枯 那那啾～ 尼 內恩 枯嘎豬 啾～哈七尼七 烏媽累爹酥

請幫我看看和女朋友（男朋友）合不合。

恋人（こいびと）との相性（あいしょう）を見（み）てください。

koibito tono aishoo o mite kudasai

寇伊逼豆 豆諾 阿伊休～ 歐 咪貼 枯答沙伊

可以買護身符嗎？

お守（まも）りを買（か）えますか。

omamori o kaemasuka

歐媽某里 歐 卡耶媽酥卡

9 夜晚的娛樂

附近有　　　嗎？

近くに＋場所＋はありますか。
ちか
chikaku ni　　　　　wa arimasuka
七卡枯 尼　　　　　哇 阿里媽酥卡

酒吧	居酒屋	夜店	爵士酒吧
バー	居酒屋 いざかや	ナイトクラブ	ジャズクラブ
baa	izakaya	naitokurabu	jazukurabu
拔～	伊雜卡呀	那伊豆枯拉布	甲茲枯拉布

女性要2000日圓。

女性は2000円です。
じょせい　にせんえん
josee wa nisenen desu
久誰～ 哇 尼誰恩耶恩 爹酥

音樂不錯呢。

音楽がいいですね。
おんがく
ongaku ga ii desune
歐恩嘎枯 嘎 伊～ 爹酥內

點菜最晚是幾點？

ラストオーダーは何時ですか。
なんじ
rasutooodaa wa nanji desuka
拉酥豆歐～答～ 哇 那恩基 爹酥卡

144

⑩ 看棒球

今天有巨人隊的比賽嗎？
今日は巨人の試合がありますか。
kyoo wa kyojin no shiai ga arimasuka
卡悠～ 哇 卡悠基恩 諾 西阿伊 嘎 阿里媽酥卡

哪兩隊的比賽？
どこ対どこの試合ですか。
doko tai doko no shiai desuka
都寇 它伊 都寇 諾 西阿伊 爹酥卡

請給我兩張一壘附近的座位。
一塁側の席を２枚ください。
ichiruigawa no seki o nimai kudasai
伊七魯伊嘎哇 諾 誰克伊 歐 尼媽伊 枯答沙伊

可以坐這裡嗎？
ここに座ってもいいですか。
koko ni suwattemo ii desuka
寇寇 尼 酥哇ㄟ貼某 伊～ 爹酥卡

請簽名。
サインをください。
sain o kudasai
沙伊恩 歐 枯答沙伊

棒球場	夜間棒球賽	三振	全壘打
野球場	ナイター	三振	ホームラン
yakyuujoo	naitaa	sanshin	hoomuran
呀卡伊烏～久～	那伊它～	沙恩西恩	后～母拉恩

145

① 買衣服

在找　　　　。

衣服＋を探<ruby>探<rt>さが</rt></ruby>しています。
o sagashite imasu
歐 沙嘎西貼 伊媽酥

裙子	褲子	外套	T恤
スカート	ズボン	コート	Tシャツ
sukaato	zubon	kooto	tii shatsu
酥卡～豆	茲剝恩	寇～豆	踢 蝦豬

婦女服飾賣場在哪裡？

<ruby>婦人服売り場<rt>ふ じんふく う ば</rt></ruby>はどこですか。
fujinfuku uriba wa doko desuka
夫基恩夫枯 烏里拔 哇 都寇 爹酥卡

這個如何？

こちらはいかがですか。
kochira wa ikaga desuka
寇七拉 哇 伊卡嘎 爹酥卡

這條褲子如何？

このズボンはどうですか。
kono zubon wa doo desuka
寇諾 茲剝恩 哇 都～ 爹酥卡

② 試穿衣服

可以　　　嗎？
動詞＋もいいですか。
mo ii desuka
某 伊～ 爹酥卡

試穿	摸
試着して （しちゃく） shichakushite 西洽枯西貼	触って （さわ） sawatte 沙哇ㄟ貼

那個讓我看一下。
それを見せてください。
（み）
sore o misete kudasai
搜累 歐 咪誰貼 枯答沙伊

有點小呢。
ちょっと小さいですね。
（ちい）
chotto chiisai desune
秋ㄟ豆 七～沙伊 爹酥內

有沒有白色的？
白いのはありませんか。
（しろ）
shiroi no wa arimasenka
西落伊 諾 哇 阿里媽誰恩卡

這是麻嗎？
これは麻ですか。
（あさ）
kore wa asa desuka
寇累 哇 阿沙 爹酥卡

③ 決定要買

有點長。
ちょっと長いです。
chotto nagai desu
秋ㄟ豆 那嘎伊 爹酥

長度可以改短一點嗎？
丈をつめられますか。
take o tsumeraremasuka
它克耶 歐 豬妹拉累媽酥卡

顏色不錯呢。
色がいいですね。
iro ga ii desune
伊落 嘎 伊～ 爹酥內

非常喜歡。
とても気に入りました。
totemo ki ni irimashita
豆貼某 克伊 尼 伊里媽西它

我要這個。
これにします。
kore ni shimasu
寇累 尼 西媽酥

白色	黑色	紅色	藍色
白	黒	赤	青
shiro	kuro	aka	ao
西落	枯落	阿卡	阿歐

④ 買鞋子

想要 ____。

鞋子＋がほしいです。
ga hoshii desu
嘎　后西~　爹酥

休閒鞋	涼鞋	高跟鞋	靴子
スニーカー	サンダル	ハイヒール	ブーツ
suniikaa	sandaru	haihiiru	buutsu
酥尼~卡~	沙恩答魯	哈伊喝伊~魯	布~豬

太 ____。

形容詞＋すぎます。
sugimasu
酥哥伊媽酥

大	小	長	短
おお	ちい	なが	みじか
大き	小さ	長	短
ooki	chiisa	naga	mijika
歐~克伊	七~沙	那嘎	咪基卡

149

5 決定買鞋子

我要　　　　。

形容詞の（なの）＋がいいです。
no(nano) + ga ii desu
諾（那諾）＋ 嘎 伊～ 爹酥

小的	黑的
小さい	黒い
chiisai	kuroi
七～沙伊	枯落伊

有點緊。

ちょっときついです。
chotto kitsui desu
秋～豆 克伊豬伊 爹酥

最受歡迎的是哪一雙？

一番人気なのはどれですか。
ichiban ninki nano wa dore desuka
伊七拔恩 尼恩克伊 那諾 哇 都累 爹酥卡

請給我這一雙。

これをください。
kore o kudasai
寇累 歐 枯答沙伊

150

旅遊日語

6 買土產

給我 ＿＿＿＿。
數量＋ください。
kudasai
枯答沙伊

一個	一張
一つ（ひと）	一枚（いちまい）
hitotsu	ichimai
喝伊豆豬	伊七媽伊

有沒有適合送人的名產？
お土産（みやげ）にいいのはありますか。
omiyage ni ii no wa arimasuka
歐咪呀給 尼 伊～ 諾 哇 阿里媽酥卡

哪一個較受歡迎？
どれが人気（にんき）ありますか。
dore ga ninki arimasuka
都累 嘎 尼恩克伊 阿里媽酥卡

給我8個同樣的東西。
同（おな）じものを八（やっ）つください。
onaji mono o yattsu kudasai
歐那基 某諾 歐 呀～豬 枯答沙伊

請分開包裝。
別々（べつべつ）に包（つつ）んでください。
betsubetsu ni tsutsunde kudasai
貝豬貝豬 尼 豬豬恩爹 枯答沙伊

7 討價還價

請 ___ 。

形容詞 ＋ してください。
shite kudasai
西貼 枯答沙伊

便宜一點	快一點
安く	早く
yasuku	hayaku
呀酥枯	哈呀枯

太貴了。
高すぎます。
takasugimasu
它卡酥哥伊媽酥

2000日圓就買。
2000円なら買います。
nisenen nara kaimasu
尼誰恩耶恩 那拉 卡伊媽酥

最好是1萬日圓以內的東西。
1万円 以内の物がいいです。
ichimanen inai no mono ga ii desu
伊七媽恩耶恩 伊那伊 諾 某諾 嘎 伊～ 爹酥

那我就不要了。
それでは、いりません。
soredewa,irimasen
搜累爹哇,伊里媽誰恩

8 付錢

要如何付款？

Q：お支払いはどうなさいます？
oshiharai wa doo nasaimasu
歐西哈拉伊 哇 都～那沙伊媽酥

麻煩你我用 ＿＿＿＿＿。

A：名詞＋でお願いします。
de onegai shimasu
爹 歐内嘎伊西媽酥

刷卡	現金
カード	現金
kaado	genkin
卡～都	給恩克伊恩

要分幾次付款？

Q：お支払い回数は？
oshiharai kaisuu wa
歐西哈拉伊 卡伊酥～ 哇

A：次數＋です。
desu
爹酥

一次	六次
一回	六回
ikkai	rokkai
伊へ卡伊	落へ卡伊

在哪裡結帳？

レジはどこですか。
reji wa doko desuka
累基 哇 都寇 爹酥卡

請在這裡簽名。

ここにサインをお願いします。
koko ni sain o onegai shimasu
寇寇 尼 沙伊恩 歐 歐内嘎伊 西媽酥

7. 日本文化

1 文化及社會

喜歡日本的 _____ 。

日本の＋名詞＋が好きです。
にほん　　　　　　　　　　す

nihon no　　　　　ga suki desu
尼后恩 諾　　　　嘎 酥克伊 爹酥

歌	漫畫	連續劇	慶典
歌 うた	マンガ	ドラマ	お祭り まつ
uta	manga	dorama	omatsuri
烏它	媽恩嘎	都拉媽	歐媽豬里

對日本的 _____ 有興趣。

日本の＋名詞＋に興味があります。
にほん　　　　　　　　きょうみ

nihon no　　　　　ni kyoomi ga arimasu
尼后恩 諾　　　　尼 卡悠～咪 嘎 阿里媽酥

文化	經濟	藝術	歷史
文化 ぶんか	経済 けいざい	芸術 げいじゅつ	歴史 れきし
bunka	keezai	geejutsu	rekishi
布恩卡	克耶～雜伊	給～啾豬	累克伊西

② 日本慶典

在 ＿＿＿＿ 有慶典。

場所＋で＋祭り＋があります。
　　　　de　　　　ga arimasu
　　　爹　　　　　嘎 阿里媽酥

德島 阿波舞	東京 神田祭	札幌 雪祭	青森 驅魔祭
とくしま あ わ おど	とうきょう かんだまつり	さっぽろ ゆきまつり	あおもり ねぶた まつり
徳島／阿波踊り	東京／神田 祭	札幌／雪 祭	青森／ねぶた祭
tokushima awaodori	tookyoo kandamatsuri	sapporo yukimatsuri	aomori nebutamatsuri
豆枯西媽 阿哇歐都里	豆~卡悠~ 卡恩答媽豬里	沙へ剖落 尤克伊媽豬里	阿歐某里 內布它媽豬里

是什麼慶典？

どんな祭りですか。
donna matsuri desuka
都恩那 媽豬里 爹酥卡

什麼時候舉行？

いつありますか。
itsu arimasuka
伊豬 阿里媽酥卡

怎麼去？

どうやって行きますか。
dooyatte ikimasuka
都~呀へ貼 伊克伊媽酥卡

③ 日本街道

市容很乾淨。
町<ruby>まち</ruby>がきれいですね。
machi ga kiree desune
媽七 嘎 克伊累～ 爹酥內

空氣很好。
空気<ruby>くうき</ruby>がいいですね。
kuuki ga ii desune
枯～克伊 嘎 伊～ 爹酥內

庭院的花很可愛。
お庭<ruby>にわ</ruby>の花<ruby>はな</ruby>がかわいいですね。
oniwa no hana ga kawaii desune
歐尼哇 諾 哈那 嘎 卡哇伊～ 爹酥內

人很親切。
人<ruby>ひと</ruby>が親切<ruby>しんせつ</ruby>ですね。
hito ga shinsetsu desune
喝伊豆 嘎 西恩誰豬 爹酥內

年輕人很時髦。
若者<ruby>わかもの</ruby>はおしゃれですね。
wakamono wa oshare desune
哇卡某諾 哇 歐蝦累 爹酥內

城市風景	中途下車	古老的房子	街角
町風景<ruby>まちふうけい</ruby>	途中下車<ruby>とちゅうげしゃ</ruby>	古<ruby>ふる</ruby>い家<ruby>いえ</ruby>	街角<ruby>まちかど</ruby>
machifuukee	tochuugesha	furui ie	machikado
媽七夫～克耶～	豆七烏～給蝦	夫魯伊 伊耶	媽七卡都

156

8. 生病了　　　　　T-140

1 找醫生

想去看醫生。
医者に行きたいです。
isha ni ikitai desu
伊蝦 尼 伊克伊它伊 爹酥

請叫醫生來。
医者を呼んでください。
isha o yonde kudasai
伊蝦 歐 悠恩爹 枯答沙伊

請叫救護車。
救急車を呼んでください。
kyuukyuusha o yonde kudasai
卡伊烏～卡伊烏～蝦 歐 悠恩爹 枯答沙伊

醫院在哪裡？
病院はどこですか。
byooin wa doko desuka
比悠～伊恩 哇 都寇 爹酥卡

診療時間幾點？
診察時間はいつですか。
shinsatsu jikan wa itsu desuka
西恩沙豬 基卡恩 哇 伊豬 爹酥卡

感冒	心臟病	高血壓	糖尿病
風邪	心臓病	高血圧	糖尿病
kaze	shinzoobyoo	kooketsuatsu	toonyoobyoo
卡瑞	西恩宙~比悠~	寇~克耶豬阿豬	豆~牛~比悠~

2 說出症狀

怎麼了？
Q: どうしましたか？
doo shimashitaka
都～ 西媽西它卡

感到＿＿＿。
A: 症狀＋がします。
　　　　ga shimasu
　　　　嘎 西媽酥

吐	發冷	頭暈
吐き気	寒気	目眩
hakike	samuke	memai
哈克伊克耶	沙母克耶	妹媽伊

＿＿＿痛。
身體＋が痛いです。
　　　　ga itaidesu
　　　　嘎 伊它伊爹酥

頭	肚子
頭	お腹
atama	onaka
阿它媽	歐那卡

③ 接受治療

請躺下來。
横(よこ)になってください。
yoko ni natte kudasai
悠寇 尼 那ㄟ貼 枯答沙伊

請深呼吸。
深呼吸(しんこきゅう)してください。
shinkokyuu shite kudasai
西恩寇卡伊烏～ 西貼 枯答沙伊

這裡會痛嗎？
この辺(へん)は痛(いた)いですか。
kono hen wa itai desuka
寇諾 黑恩 哇 伊它伊 爹酥卡

食物中毒。
食(しょく)あたりですね。
shokuatari desune
休枯阿它里 爹酥內

開藥方給你。
薬(くすり)を出(だ)します。
kusuri o dashimasu
枯酥里 歐 答西媽酥

好像發燒	很疲倦	流鼻水	打噴嚏
熱(ねつ)っぽい	だるい	鼻水(はなみず)	くしゃみ
netsuppoi	darui	hanamizu	kushami
内豬ㄟ剖伊	答魯伊	哈那咪茲	枯蝦咪

4 到藥局拿藥

一天請服三次藥。
薬は一日三回飲んでください。
kusuri wa ichinichi sankai nonde kudasai
枯酥里 哇 伊七尼七 沙恩卡伊 諾恩爹 枯答沙伊

請在飯後服用。
食後に飲んでください。
shokugo ni nonde kudasai
休枯勾 尼 諾恩爹 枯答沙伊

請將這個軟膏塗抹在傷口上。
この軟膏を傷に塗りなさい。
kono nankoo o kizu ni nurinasai
寇諾 那恩寇～ 歐 克伊茲 尼 奴里那沙伊

請多保重。
お大事に。
odaiji ni
歐答伊基 尼

請開診斷書給我。
診断書をお願いします。
shindansho o onegai shimasu
西恩答恩休 歐 歐內嘎伊 西媽酥

感冒藥	胃腸藥	鎮痛劑	眼藥水
風邪薬	胃腸薬	鎮痛剤	目薬
kazegusuri	ichooyaku	chintsuuzai	megusuri
卡瑞估酥里	伊秋～呀枯	七恩豬～雜伊	妹估酥里

160

9. 遇到麻煩　　　　T-144

① 東西不見了

<table>
<tr><td colspan="4">＿＿＿＿不見了。</td></tr>
<tr><td colspan="4">物＋をなくしました。</td></tr>
<tr><td colspan="4">o nakushimashita</td></tr>
<tr><td colspan="4">歐 那枯西媽西它</td></tr>
<tr><td>護照</td><td>相機</td><td>手提包</td><td>房間鑰匙</td></tr>
<tr><td>パスポート</td><td>カメラ</td><td>かばん</td><td>部屋の鍵
へ や　　かぎ</td></tr>
<tr><td>pasupooto</td><td>kamera</td><td>kaban</td><td>heya no kagi</td></tr>
<tr><td>趴酥剖～豆</td><td>卡妹拉</td><td>卡拔恩</td><td>黑呀 諾 卡哥伊</td></tr>
</table>

<table>
<tr><td colspan="3">＿＿＿＿忘在＿＿＿＿了。</td></tr>
<tr><td colspan="3">場所＋に＋物＋を忘れました。
わす</td></tr>
<tr><td colspan="3">ni　　　　o wasuremashita</td></tr>
<tr><td colspan="3">尼　　　　歐 哇酥累媽西它</td></tr>
<tr><td>行李　電車</td><td>鑰匙　房間</td><td>電腦　計程車</td></tr>
<tr><td>電車／荷物
でんしゃ にもつ</td><td>部屋／鍵
へ や　　かぎ</td><td>タクシー／パソコン</td></tr>
<tr><td>densha nimotsu</td><td>heya kagi</td><td>takushii pasokon</td></tr>
<tr><td>爹恩蝦 尼某豬</td><td>黑呀 卡哥伊</td><td>它枯西～ 趴搜寇恩</td></tr>
</table>

② 東西被偷了

被偷了。
物＋を盗まれました。
o nusumaremashita
歐 奴酥媽累媽西它

錢包	信用卡	行李箱	戒指
財布	クレジットカード	スーツケース	指輪
saifu	kurejitto kaado	suutsukeesu	yubiwa
沙伊夫	枯累基ㄟ豆 卡~都	酥~豬克耶~酥	尤逼哇

犯人是　　　　。
犯人は＋人＋です。
hannin wa　　　desu
哈恩尼恩 哇　　蔘酥

年輕男性	矮個子的男性
若い男	背の低い男
wakai otoko	se no hikui otoko
哇卡伊 歐豆寇	誰 諾 喝伊枯伊 歐豆寇

長髮的女性	帶著眼鏡的女性
髪の長い女	めがねをかけた女
kami no nagai onna	megane o kaketa onna
卡咪 諾 那嘎伊 歐恩那	妹嘎内 歐 卡克耶它 歐恩那

③ 在警察局

東西弄丟了。

落し物しました。

otoshimono shimashita

歐豆西某諾 西媽西它

黑色包包。

黒いかばんです。

kuroi kaban desu

枯落伊 卡拔恩 爹酥

裡面有錢包和信用卡。

財布とカードが入っています。

saifu to kaado ga haitte imasu

沙伊夫 豆 卡～都 嘎 哈伊ㄟ貼 伊媽酥

希望能幫我打電話給發卡公司。

カード会社に電話してほしいです。

kaado gaisha ni denwashite hoshii desu

卡～都 嘎伊蝦 尼 爹恩哇西貼 后西～ 爹酥

請填寫遺失表格。

紛失届けを書いてください。

funshitutodoke o kaite kudasai

夫恩西豬豆都克耶 歐 卡伊貼 枯答沙伊

警察	身分證	護照	補發
警察	身分証明書	パスポート	再発行
keesatsu	mibunshoomeesho	pasupooto	saihakkoo
克耶～沙豬	咪布恩休~妹~休	趴酥剖～豆	沙伊哈ㄟ寇～

Note

附 錄

基本單字

1. 數字（一）

1（いち）	1	ichi
2（に）	2	ni
3（さん）	3	san
4（よん／し）	4	yon/ shi
5（ご）	5	go
6（ろく）	6	roku
7（なな／しち）	7	nana / shichi
8（はち）	8	hachi
9（く／きゅう）	9	ku / kyuu
10（じゅう）	10	juu
11（じゅういち）	11	juuichi
12（じゅうに）	12	juuni
13（じゅうさん）	13	juusan
14（じゅうよん／じゅうし）	14	juuyon / juushi
15（じゅうご）	15	juugo
16（じゅうろく）	16	juuroku
17（じゅうしち／じゅうなな）	17	juushichi / juunana
18（じゅうはち）	18	juuhachi
19（じゅうく／じゅうきゅう）	19	juuku / juukyuu
20（にじゅう）	20	nijuu
30（さんじゅう）	30	sanjuu
40（よんじゅう）	40	yonjuu
50（ごじゅう）	50	gojuu
60（ろくじゅう）	60	rokujuu
70（ななじゅう）	70	nanajuu
80（はちじゅう）	80	hachijuu
90（きゅうじゅう）	90	kyuujuu
100（ひゃく）	100	hyaku

101（ひゃくいち）	101	hyakuichi
102（ひゃくに）	102	hyakuni
103（ひゃくさん）	103	hyakusan
200（にひゃく）	200	nihyaku
300（さんびゃく）	300	sannbyaku
400（よんひゃく）	400	yonhyaku
500（ごひゃく）	500	gohyaku
600（ろっぴゃく）	600	roppyaku
700（ななひゃく）	700	nanahyaku
800（はっぴゃく）	800	happyaku
900（きゅうひゃく）	900	kyuuhyaku
1000（せん）	1000	sen
2000（にせん）	2000	nisen
5000（ごせん）	5000	gosen
10000（いちまん）	10000	ichiman

2. 数字（二）

一つ ひと	一個	hitotsu
二つ ふた	二個	futatsu
三つ みっ	三個	mittsu
四つ よっ	四個	yottsu
五つ いつ	五個	itsutsu
六つ むっ	六個	muttsu
七つ なな	七個	nanatsu
八つ やっ	八個	yattsu
九つ ここの	九個	kokonotsu
十 とお	十個	too
いくつ	幾個	ikutsu

3. 月份

<ruby>一月<rt>いちがつ</rt></ruby>	一月	ichigatsu
<ruby>二月<rt>にがつ</rt></ruby>	二月	nigatsu
<ruby>三月<rt>さんがつ</rt></ruby>	三月	sangatsu
<ruby>四月<rt>しがつ</rt></ruby>	四月	shigatsu
<ruby>五月<rt>ごがつ</rt></ruby>	五月	gogatsu
<ruby>六月<rt>ろくがつ</rt></ruby>	六月	rokugatsu
<ruby>七月<rt>しちがつ</rt></ruby>	七月	shichigatsu
<ruby>八月<rt>はちがつ</rt></ruby>	八月	hachigatsu
<ruby>九月<rt>くがつ</rt></ruby>	九月	kugatsu
<ruby>十月<rt>じゅうがつ</rt></ruby>	十月	juugatsu
<ruby>十一月<rt>じゅういちがつ</rt></ruby>	十一月	juuichigatsu
<ruby>十二月<rt>じゅうにがつ</rt></ruby>	十二月	juunigatsu
<ruby>何月<rt>なんがつ</rt></ruby>	幾月	nangatsu

4. 星期

<ruby>日曜日<rt>にちようび</rt></ruby>	星期日	nichiyoobi
<ruby>月曜日<rt>げつようび</rt></ruby>	星期一	getsuyoobi
<ruby>火曜日<rt>かようび</rt></ruby>	星期二	kayoobi
<ruby>水曜日<rt>すいようび</rt></ruby>	星期三	suiyoobi
<ruby>木曜日<rt>もくようび</rt></ruby>	星期四	mokuyoobi
<ruby>金曜日<rt>きんようび</rt></ruby>	星期五	kinyoobi
<ruby>土曜日<rt>どようび</rt></ruby>	星期六	doyoobi
<ruby>何曜日<rt>なんようび</rt></ruby>	星期幾	nanyoobi

5. 時間

<ruby>一時<rt>いちじ</rt></ruby>	一點	ichiji
<ruby>二時<rt>にじ</rt></ruby>	兩點	niji
<ruby>三時<rt>さんじ</rt></ruby>	三點	sanji
<ruby>四時<rt>よじ</rt></ruby>	四點	yoji
<ruby>五時<rt>ごじ</rt></ruby>	五點	goji
<ruby>六時<rt>ろくじ</rt></ruby>	六點	rokuji

しちじ 七時	七點	shichiji
はちじ 八時	八點	hachiji
くじ 九時	九點	kuji
じゅうじ 十時	十點	juuji
じゅういちじ 十一時	十一點	juuichiji
じゅうにじ 十二時	十二點	juuniji
いちじじゅうごふん 一時十五分	一點十五分	ichijijuugofun
いちじさんじゅっぷん 一時三十分	一點三十分	ichijisanjuppun
いちじよんじゅうごふん 一時四十五分	一點四十五分	ichijiyonjuugofun
にじじゅうごふん 二時十五分	兩點十五分	nijijuugofun
にじはん 二時半	兩點半	nijihan
にじよんじゅうごふん 二時四十五分	兩點四十五分	nijiyonjuugofun
さんじはん 三時半	三點半	sanjihan
よじはん 四時半	四點半	yojihan
ごじはん 五時半	五點半	gojihan
ろくじじゅうごふんまえ 六時十五分前	六點十五分前	okujijuugofunmae
しちじ 七時ちょうど	七點整	shichijichoodo
はちじごふんす 八時五分過ぎ	八點過五分	hachijigofunsugi
なんじなんぷん 何時何分	幾點幾分	nanjinanpun

一、機場

1. 在機場

くうこう 空港	機場	kuukoo
こうくうがいしゃ 航空会社	航空公司	kookuugaisha
しゅっこくじゅんび 出国準備	準備出境	shukkokujunbi
チェックイン	登機登記	chekkuin
エコノミークラス	經濟艙	ekonomiikurasu
ビジネスクラス	商務艙	bijinesukurasu

ファーストクラス	頭等艙	faasutokurasu
窓側席	靠窗座位	madogawaseki
通路側席	走道邊座位	tsuurogawaseki
禁煙席	禁煙座位	kinenseki
荷物	行李	nimotsu
手荷物	手提行李	tenimotsu
クレイムタグ	托運牌	kureemudagu
搭乗カード	登機證	toojookaado
搭乗ゲート	登機門	toojoogeeto
パスポート	護照	pasupooto
出国カード	出境卡	shukkokukaado
入国カード	入境卡	nyuukokukaado
免税店	免税店	menzeeten
税関	海關	zeekan
乗客	乘客	jookyaku
セキュリティチェック	安全檢查	sekyuritichekku
Ｘ線	X光	ekususen

2. 機内服務

機長	機長	kichoo
キャビンアテンダント	空中小姐	kyabinatendanto
乗務員	空服員	joomuin
乗客	乘客	jookyaku
新聞	報紙	shinbun
雑誌	雜誌	zasshi
飲み物	飲料	nomimono
シートベルト	安全帶	shiitoberuto
非常口	緊急出口	hijooguchi
化粧室	化妝室	keshooshitsu

使用中	使用中	shiyoochuu
空き	空的	aki
トイレットペーパー	衛生紙	toirettopeepaa
酸素マスク	氧氣罩	sansomasuku
救命胴衣	救生衣	kyuumeedooi
吐き袋	嘔吐袋	hakibukuro
着陸	著地	chakuriku
現地時間	當地時間	genchijikan
時差	時差	jisa
現地気温	當地氣溫	genchikion

3. 通關

外国人	外國人	gaikokujin
日本人	日本人	nihonjin
待合室	候客室	machiaishitsu
出入国管理	出入境管理	shutsunyuukokukanri
並ぶ	排隊	narabu
居住者	居住者	kyojuusha
非居住者	非居住者	hikyojuusha
入国する	入境	nyuukokusuru
入国目的	入境目的	nyuukokumokuteki
親戚	親戚	shinseki
留学生	留學生	ryuugakusee
学生証	學生證	gakuseeshoo
観光する	觀光	kankoosuru
ビジネス	商務	bijinesu
訪問する	訪問	hoomonsuru
申告カード	申報卡	shikokukaado
持ち込み禁止品	違禁品	mochikomikinshihin

身の回り品	隨身物品	mi no mawarihin
手荷物	手提行李	tenimotsu
プレゼント	禮物	purezento
お土産	名產	omiyage

4. 換錢

両替する	換錢	ryoogaesuru
両替所	換錢處	ryoogaejo
銀行	銀行	ginkoo
為替	匯率	kawase
レート	匯率	reeto
札	紙鈔	satsu
小銭	零錢	kozeni
コイン	硬幣	koin
日本円	日幣	nihonen
アメリカドル	美金	amerikadoru
ポンド	英磅	pondo
台湾ドル	台幣	taiwandoru
北京人民幣	北京人民幣	pekkinjinminhee
現金	現金	genkin
トラベラーズチェック	旅行支票	toraberaazuchekku
両替申込書	換錢申請書	ryoogaemooshikomisho
サイン	簽名	sain
身分証明書	身份證	mibunshoomeesho

5. 打電話

国際電話	國際電話	kokusaidenwa
市内電話	市内電話	shinaidenwa
長距離電話	長途電話	chookyoridenwa
携帯電話	手機	keetaidenwa

電話番号	電話號碼	denwabangoo
電話する	打電話	denwasuru
公衆電話	公用電話	kooshuudenwa
国番号	國碼	kunibangoo
指名通話	指名電話	shimeetsuuwa
コレクトコール	對方付費電話	korekutokooru
テレホンカード	電話卡	terehonkaado
市外局番	區域號碼	shigaikyokuban
イエローページ	黃皮電話簿	ieroopeeji

6. 郵局

郵便局	郵局	yuubinkyoku
切手	郵票	kitte
封筒	信封	fuutoo
手紙	信件	tegami
葉書	明信片	hagaki
小包	包裹	kozutsumi
航空便	空運	kookuubin
船便	船運	funabin
書留	掛號	kakitome
速達	限時	sokutatsu

7. 機場交通

リムジンバス	機場巴士	rimujinbasu
エアポートバス	機場巴士	eapootobasu
タクシー乗り場	計程車乗車處	takushiinoriba
ＪＲ乗り場	JR乗車處	jeeaaru noriba
地下鉄	地下鐵	chikatetsu
切符	車票	kippu
運賃	乗車票價	unchin
切符売場	售票處	kippuuriba

173

入り口	入口	iriguchi
出口	出口	deguchi
非常口	緊急出口	hijooguchi
路線図	路線圖	rosenzu

二、到飯店

1. 在櫃臺

宿泊施設	飯店設施	shukuhakushisetsu
ホテル	飯店	hoteru
旅館	旅館	ryokan
民宿	民宿	minshuku
ビジネスホテル	商務飯店	bijinesuhoteru
ラブホテル	賓館	rabuhoteru
空室	有空房	kuushitsu
満室	房間客滿	manshitsu
シングル	單人房	shinguru
ダブル	雙人房	daburu
予約あり	有預約	yoyakuari
予約なし	沒有預約	yoyakunashi
料金	費用	ryookin
チェックイン	登記住宿	chekkuin
チェックアウト	退房	chekkuauto
シャワー付き	附淋浴	shawaatsuki
トイレ付き	附廁所	toiretsuki
赤ちゃん用ベッド	嬰兒用床	akachanyoobeddo
和室	日式房間	washitsu
洋室	洋式房間	yooshitsu
朝食	早餐	chooshoku
安い	便宜	yasui

高い	貴	takai
クレジットカード	信用卡	kurejittokaado
預かり物	寄存物	azukarimono
メッセージ	留言	messeeji
貴重品	貴重物品	kichoohin
モーニングコール	叫醒服務	mooningukooru
宿泊カード	住宿卡	shukuhakukaado
税金	税金	zeekin
サービス料金	服務費	saabisuryookin
含む	包含	fukumu
鍵	鑰匙	kagi
新聞	報紙	shinbun
タオル	毛巾	taoru
バー	酒吧	baa
食堂	食堂	shokudoo
レストラン	餐廳	resutoran
何階	幾樓	nangai
立ち入り禁止	禁止進入	tachiirikinshi

2.住宿中

シャワールーム	沖浴室	shawaaruumu
冷蔵庫	冰箱	reezooko
ミニバー	小酒吧	minibaa
テレビ	電視	terebi
エアコン	冷氣	eakon
蛇口	水龍頭	jaguchi
トイレ	廁所	toire
灰皿	煙灰缸	haizara
ドライヤー	吹風機	doraiyaa
歯ブラシ	牙刷	haburashi
石鹸	肥皂	sekken

歯磨き粉	牙膏	hamigakiko
髭剃り	刮鬍刀	higesori
シャンプー	洗髮精	shanpuu
リンス	潤絲精	rinsu
シャワーキャップ	浴帽	shawaakyappu
タオル	毛巾	taoru
バスタオル	浴巾	basutaoru
目覚し時計	鬧鐘	mezamashidokee
アイロン	熨斗	airon
水	水	mizu
押す	推	osu
引く	拉	hiku
故障する	故障	koshoosuru
詰まる	塞住	tsumaru
反応がない	沒有反應	hannooga nai

3. 客房服務

ルームサービス	客房服務	ruumusaabisu
洗濯する	洗衣服	sentakusuru
荷物	行李	nimotsu
運ぶ	搬運	hakobu
掃除する	打掃	soojisuru
チップ	小費	chippu
朝食	早餐	chooshoku
昼食	中餐	chuushoku
夕食	晚餐	yuushoku
食事券	餐券	shokujiken
和食	日式餐點	washoku
洋食	西式餐點	yooshoku
有料チャネル	收費頻道	yuuryoochaneru

無料チャネル	免費頻道	muryoochaneru
リモコン	遙控	rimokon
飲み物	飲料	nomimono
食べ物	食物	tabemono
栓抜き	開瓶器	sennuki

4. 退房

チェックアウト	退房	chekkuauto
クレジットカード	信用卡	kurejitokaado
現金	現金	genkin
お釣り	找錢	otsuri
税金	税金	zeekin
含む	包含	fukumu
サイン	簽名	sain
お願いします	麻煩您	onegai shimasu
返す	歸還	kaesu
領収書	收據	ryooshuusho
タイトル	抬頭	taitoru
封筒	信封	fuutoo
入れる	放入	ireru

三、用餐

1. 逛商店街

商店街	商店街	shootengai
スーパー	超市	suupaa
デパート	百貨公司	depaato
コンビニ	便利商店	konbini
桜銀座	櫻花商店街	sakuraginza
肉屋	肉店	nikuya
魚屋	海鮮店	sakanaya

パチンコ屋	柏青哥店	pachinkoya
交番	派出所	kooban
お巡りさん	巡察	omawarisan

2. 在速食店

ハンバーガー	漢堡	hanbaagaa
サンド	三明治	sando
ドリンク	飲料	dorinku
コーラ	可樂	koora
コーヒー	咖啡	koohii
アイス	冰	aisu
ストロー	吸管	sutoroo
持ち帰り	外帶	mochikaeri
一万円で	給你一萬日幣	ichimanende
お釣り	找錢	otsuri

3. 在便利商店

レジ	收銀台	reji
領収書	收據	ryooshuusho
日用品	日常用品	nichiyoohin
ドリンク	飲料	dorinku
パン	麵包	pan
男性誌	男士雜誌	danseeshi
女性誌	女士雜誌	joseeshi
新聞	報紙	shinbun
雑誌	雜誌	zasshi
コピー	拷貝	kopii
ファックス	傳真	fakkusu
タバコ	香菸	tabako
ライター	打火機	raitaa
お酒	日本清酒	osake

4. 找餐廳

日本料理屋	日本料理店	nihonryooriya
すし屋	壽司店	sushiya
中華料理屋	中華料理店	chuukaryooriya
らーめん屋	拉麵店	raamenya
料亭	日本傳統料理店	ryootee
しゃぶしゃぶ	涮涮鍋	shabushabu
焼き肉屋	烤肉店	yakinikuya
洋食	西式餐點	yooshoku
和食	日式餐點	washoku
レストラン	餐廳	resutoran

5.打電話預約

予約したい	想預約	yoyakushitai
明日	明天	ashita
夜	晚上	yoru
二人	兩人	futari
七時	七點	shichiji
ベジタリアン	素食者	bejitarian
和食	日式餐點	washoku
お名前	芳名	onamae
連絡先	聯絡處	renrakusaki
電話番号	電話號碼	denwabangoo

6.進入餐廳

予約あり	有預約	yoyakuari
禁煙席	禁煙座位	kinenseki
喫煙席	吸煙座位	kitsuenseki
窓際	靠窗	madogiwa
相席	同桌座位	aiseki
大きい	大的	ookii

テーブル	桌子	teeburu
静かな	安静的	shizukana
席	座位	seki
いす	椅子	isu

7.點餐

メニュー	菜單	menyuu
おすすめ料理	推薦料理	osusumeryoori
有名な	有名的	yuumeena
人気	有人氣的	ninki
注文する	點菜	chuumoosuru
ベジタリアン	素食者	bejitarian
洋食	西式餐點	yooshoku
和食	日式餐點	washoku
中華料理	中華料理	chuukaryoori
フランス料理	法國餐	furansuryoori
イタリア料理	義大利餐	itariaryoori
ピザ	披薩	piza
ハンバーグ	漢堡肉	hanbaagu
定食	套餐	teeshoku
Ａコース	A套餐	ee koosu
ビール	啤酒	biiru
飲み物	飲料	nomimono
コーヒー	咖啡	koohii
紅茶	紅茶	koocha
デザート	點心	dezaato
食前	餐前	shokuzen
食後	餐後	shokugo
お冷や	冰水	ohiya
一品料理	上等料理	ippinryoori
お箸	筷子	ohashi

フォーク	叉子	fooku
ナイフ	餐刀	naifu

8.進餐後付款

クレジットカード	信用卡	kurejittokaado
現金 <small>げんきん</small>	現金	genkin
サイン	簽名	sain
領収書 <small>りょうしゅうしょ</small>	收據	ryooshuusho
タイトル	抬頭	taitoru
お釣り <small>つ</small>	找錢	otsuri
部屋につける <small>へ や</small>	記房間的帳	heyanitsukeru
割り勘 <small>わ かん</small>	各付各的	warikan
いっしょ	一起	issho
計算する <small>けいさん</small>	計算	keesansuru

四. 交通

1. 坐電車

切符売場 <small>きっ ぷ う り ば</small>	售票處	kippuuriba
地下鉄 <small>ち か てつ</small>	地下鐵	chikatetsu
電車 <small>でんしゃ</small>	電車	densha
ＪＲ線 <small>ジェーアールせん</small>	JR線	jeeaaru sen
山手線 <small>やまのて せん</small>	山手線	yamanotesen
環状線 <small>かんじょう せん</small>	環狀（循環）線	kanjoosen
東海道線 <small>とうかいどう せん</small>	東海道線	tookaidoosen
新幹線 <small>しんかん せん</small>	新幹線	shinkansen
快速 <small>かいそく</small>	快速	kaisoku
特急 <small>とっきゅう</small>	特急	tokkyuu
急行 <small>きゅうこう</small>	急行	kyuukoo
駅 <small>えき</small>	車站	eki
駅員 <small>えきいん</small>	站員	ekiin

<ruby>回数券<rt>かいすうけん</rt></ruby>	回數票	kaisuuken
<ruby>周遊券<rt>しゅうゆうけん</rt></ruby>	周遊券	shuuyuuken
<ruby>乗車券<rt>じょうしゃけん</rt></ruby>	乘車券	jooshaken
<ruby>運賃<rt>うんちん</rt></ruby>	乘車票價	unchin
<ruby>片道<rt>かたみち</rt></ruby>	單程	katamichi
<ruby>往復<rt>おうふく</rt></ruby>	來回	oofuku
<ruby>大人<rt>おとな</rt></ruby>	成人	otona
<ruby>子ども<rt>こ</rt></ruby>	孩童	kidomo
<ruby>緑の窓口<rt>みどり まどぐち</rt></ruby>	綠色窗口（旅遊中心）	midorinomadoguchi
<ruby>旅行センター<rt>りょこう</rt></ruby>	旅遊中心	ryokoosentaa
<ruby>職員<rt>しょくいん</rt></ruby>	職員	shokuin
<ruby>申込み書<rt>もうしこみ しょ</rt></ruby>	申請書	mooshikomisho
<ruby>寝台車<rt>しんだいしゃ</rt></ruby>	附睡床列車	shindaisha
<ruby>指定席<rt>していせき</rt></ruby>	對號座位	shiteeseki
<ruby>自由席<rt>じゆうせき</rt></ruby>	自由座位	jiyuuseki

2. 坐巴士

はとバス	機場巴士	hatobasu
<ruby>日帰りツアー<rt>ひ がえ</rt></ruby>	當日回來旅遊	higaeritsuaa
<ruby>半日バスツアー<rt>はんにち</rt></ruby>	半天巴士旅遊	hannichibasutsuaa
<ruby>観光バスツアー<rt>かんこう</rt></ruby>	觀光巴士旅遊	kankoobasutsuaa
<ruby>バス待ち合わせ時刻<rt>ま あ じ こく</rt></ruby>	公車時刻表	basumachiawasejikoku
<ruby>バス料金<rt>りょうきん</rt></ruby>	公車費用	basuryookin
<ruby>学生料金<rt>がくせいりょうきん</rt></ruby>	學生票	gakuseeryookin
<ruby>高齢者<rt>こうれいしゃ</rt></ruby>	高齡者	kooreesha
バスガイド	公車導遊	basugaido
パンフレット	指南小冊子	panfuretto

3. 坐計程車

タクシー	計程車	takushii
初乗り料金	啓程價	hatsunoriryookin
運転手	司機	untenshu
行き先	前往目的地	yukisaki
目的地	目的地	mokutekichi
忘れ物	遺忘的東西	wasuremono
お客様	客人	okyakusama
荷物	行李	nimotsu
領収書	收據	ryooshuusho
料金	費用	ryookin

4. 租車子

国際免許証	國際駕照	kokusaimenkyoshoo
申込み書	申請書	mooshikomisho
貸し渡し契約書	交車契約書	kashiwatashikeeyakusho
マニュアル車	手動排檔車	manyuarusha
オートマチック車	自動排檔車	ootomachikkusha
四輪駆動車	四輪驅動車	yonrinkudoosha
ガソリン	汽油	gasorin
ガソリンスタンド	加油站	gasorinsutando
燃料	燃料	nenryoo
無鉛ガソリン	無鉛油	muengasorin
左進行	靠左邊行進	hidarishinkoo
交通ルール違反	違反交通規則	kootsuuruuruihan
返す	歸還	kaesu
受託する	受託、委託	jutakusuru
保険	保險	hoken
高速道路	高速公路	koosokudooro
料金所	收費站	ryookinjo

タイヤ交換	更換輪胎	taiyakookan
バッテリー	電池	batterii
充電する	充電	juudensuru
修理工場	修理工廠	shuurikoojoo
保証人	保證人	hoshoonin
ブレーキ	刹車	bureeki
バックミラー	後照鏡	bakkumiraa
左折	左轉	sasetsu
右折	右轉	usetsu

5.迷路了

東京駅	東京車站	tookyooeki
大阪駅	大阪車站	oosakaeki
名古屋駅	名古屋車站	nagoyaeki
地図	地圖	chizu
ホテル	飯店	hoteru
デパート	百貨公司	depaato
街角	街角	machikado
突き当たり	街道盡頭	tsukiatari
交差点	交叉路	koosaten
右に曲がる	右轉	migi ni magaru
左に曲がる	左轉	hidari ni magaru
まっすぐ	直走	massugu
交番	派出所	kooban

五、觀光

1.在旅遊詢問中心

日帰りツアー	當日回來旅遊	higaeritsuaa
半日ツアー	半天旅遊	hanichitsuaa
夜のツアー	夜間旅遊	yoruno tsuaa

市内観光	市内觀光	shinaikankoo
バスガイド	巴士導遊	basugaido
申込み書	申請書	mooshikomisho
写真	照片	shashin
パンフレット	旅遊指南	panfuretto
帰着する	回來	kichakusuru
時間	時間	jikan
予約する	預約	yoyakusuru
大人二人	成人兩人	otonafutari
料金	費用	ryookin

2.到美術館

美術館	美術館	bijutsukan
博物館	博物館	hakubutsukan
入場券	入場券	nyuujooken
パスポート	通行券	pasupooto
周遊券	周遊券	shuuyuuken
開館時間	開館時間	kaikanjikan
閉館時間	休館時間	heekanjikan
大人料金	成人費用	otonaryookin
子ども料金	孩童費用	kodomoryookin
撮影禁止	禁止拍照	satsueekinshi
立ち入り禁止	禁止靠近（進入）	tachiirikinshi
ロッカー	置物箱	rokkaa

3.看電影、聽演唱會

映画館	電影院	eegakan
コンサート	音樂會	konsaato
入場券	入場券	nyuujooken
指定席	對號座位	shiteeseki
自由席	無對號座位	jiyuuseki

禁煙（きんえん）	禁煙	kinen
食（た）べ物（もの）持（じ）参（さん）禁（きん）止（し）	禁止攜帶食物	tabemonojisankinshi
洗面所（せんめんじょ）	化妝室	senmenjo
男性（だんせい）	男性	dansee
女性（じょせい）	女性	josee
撮（さつ）影（えい）禁（きん）止（し）	禁止拍照	satsueekinshi

4.去唱卡拉OK

カラオケ	卡拉OK	karaoke
カラオケボックス	卡拉OK包廂	karaokebokkusu
歌（うた）う	唱歌	utau
歌（うた）	歌	uta
一（いち）時（じ）間（かん）料（りょう）金（きん）	一小時費用	ichijikanryookin
リモコン	遙控器	rimokon
使（つか）い方（かた）	使用方法	tsukaikata
メニュー	菜單	menyuu
時（じ）間（かん）を延（の）ばす	延長時間	jikan o nobasu
領（りょう）収（しゅう）書（しょ）	收據	ryooshuusho

5.去算命

占（うらな）い	算命	uranai
手（て）相（そう）	手相	tesoo
運命（うんめい）	命運	unmee
運勢（うんせい）	運勢	unsee
過（か）去（こ）	過去	kako
現在（げんざい）	現在	genzai
未（み）来（らい）	未來	mirai
金運（きんうん）	財運	kinun
恋（れん）愛（あい）運（うん）	愛情運	renaiun
仕（し）事（ごと）運（うん）	事業運	shigotoun
結（けっ）婚（こん）運（うん）	結婚運	kekkonun

夢占い	夢境占卜	yumeunarai
動物占い	動物占卜	doobutsuuranai
開運グッズ	開運吉祥物	kaiunguzzu
星座	星座	seeza

6.夜晚的娛樂

バー	酒吧	baa
お酒	清酒	osake
焼酎	燒酒（日式米酒）	shoochuu
ビール	啤酒	biiru
生ビール	生啤酒	namabiiru
瓶ビール	瓶啤酒	binbiiru
赤ワイン	紅葡萄酒	akawain
白ワイン	白葡萄酒	shirowain
ウイスキー	威士忌	uisukii
グラス	杯子	gurasu
おつまみ	下酒菜	otsumami
スナック	小零食	sunakku
ママさん	媽媽桑	mamasan
注文する	點菜	chuumonsuru
氷	冰	koori
水	水	mizu
カラオケ	卡拉OK	karaoke
歌う	唱歌	uta

7. 看棒球

ピッチャー	投手	picchaa
キャッチャー	捕手	kyacchaa
ファースト	一壘手	faasuto
セカンド	二壘手	sekando
三塁手	三壘手	sanruishu

外野手	外野手	gaiyashu
内野手	外野手	naiyashu
レフト	右邊（野手）	refuto
ライト	左邊（野手）	raito
安打	安打	anda
ホームラン	全壘打	hoomuran
三振	三振	sanshin
ボール	壞球	booru
ストライク	好球	sutoraiku
アウト	出擊	auto
セーフ	安全（上壘）	seefu
選手	選手	senshu
監督	教練	kantoku
審判	裁判	shinpan
得点	得分	tokuten
応援	支援	ooen
グランド	球場	gurando
野球場	棒球場	yakyuujoo
グラブ	手套	gurabu
野球	棒球	yakyuu
バット	球棒	batto
制服	制服	seefuku
キャップ	帽子	kyappu

六、購物

1.買衣服

洋服	西服	yoofuku
スーツ	西裝	suutsu
ワンピース	連身裙	wanpiisu

スカート	裙子	sukaato
コート	外套	kooto
ジャケット	外套（西服）	jaketto
ズボン	褲子	zubon
ワイシャツ	白襯衫	waishatsu
Ｔシャツ	Ｔ恤	tii shatsu
ジーンズ	牛仔褲	jiinzu
ブラウス	女用衫	burausu
セーター	毛衣	seetaa
羊毛	羊毛	yoomoo
木綿	棉製品	momen
ベルト	皮帶	beruto
大きいサイズ	大尺寸	ookiisaizu
小さいサイズ	小尺寸	chiisaisaizu
Ｍサイズ	Ｍ尺寸	emu saizu
Ｌサイズ	Ｌ尺寸	eru saizu
Ｓサイズ	Ｓ尺寸	esu saizu
ＬＬサイズ	ＬＬ尺寸	erueru saizu
短い	短的	mijikai
長い	長的	nagai
色違い	不同顏色	irochigai
他に	其他	hokani
スタイル	樣式	sutairu
割引	打折扣	waribiki
サービス	贈送	saabisu

2.買鞋子

きつい	緊	kitsui
ゆるい	鬆	yurui
かかと	腳跟	kakato

つま先	脚尖	tsumasaki
足裏	脚底	ashiura
痛い	疼痛	itai
銘柄	牌子	meegara
ブランド品	名牌商品	burandohin
手作り	手工製	tezukuri
日本製	日本製	nihonsee

3. 付錢

現金	現金	genkin
クレジットカード	信用卡	kurejittokaado
ドル	美金	doru
日本円	日幣	nihonen
高い	昂貴	takai
安い	便宜	yasui
まけてください	請你打折扣	makete kudasai
割引	打折扣	waribiki
税金	税金	zeekin
含む	包含	fukumu

七、生病了

1. 說出症狀

風邪	感冒	kaze
鼻水	鼻水	hanamizu
咳	咳嗽	seki
くしゃみ	打噴嚏	kushami
頭痛	頭痛	zautsuu
ずきずきと痛む	抽痛	zukizukitoitamu
鋭い痛み	劇痛	surudoiitami
鈍痛	隱隱作痛	dontuu
しくしくと痛む	微微地抽痛	shikushikutoitamu

目眩（めまい）	目眩	memai
気分が悪い（きぶんがわるい）	身體不舒服	kibungawarui
腹痛（ふくつう）	肚子痛	fukutuu
下痢（げり）	拉肚子	geri
便秘（べんぴ）	便秘	benpi
胸痛（きょうつう）	胸口痛	kyootuu
息苦しい（いきぐるしい）	呼吸困難	ikigurushii
胃痛（いつう）	胃痛	ituu
吐き気がする（はきけがする）	想吐	hakike ga suru
虫歯（むしば）	蛀牙	mushiba
痔（じ）	痔瘡	ji
だるい	身體沒力	darui
しびれる	發麻	shibireru
打撲（だぼく）	碰傷、跌傷	daboku
骨折（こっせつ）	骨折	kossetsu
捻挫（ねんざ）	扭傷、挫傷	nenza
やけど	燙傷	yakedo
水虫（みずむし）	香港腳	mizumushi
痒い（かゆい）	發癢	kayui

2.到藥局拿藥

処方箋（しょほうせん）	藥方	shohoosen
保険証（ほけんしょう）	保險證	hokenshoo
薬（くすり）	藥	kusuri
アレルギー	過敏	arerugii
食前（しょくぜん）	飯前	shokuzen
食後（しょくご）	飯後	shokugo
寝る前（ねるまえ）	睡覺前	nerumae
一日一回（いちにちいっかい）	一天一次	ichinichiikkai
飲む（のむ）	吃（藥）	nomu

TRAVEL JAPAN

用中文 出國 溜日本語 —拿到手— 1秒就能秀日語

Go日語【15】

發 行 人 ●	林德勝
著　　者 ●	山田玲奈・賴美勝　◎合著
出版發行 ●	山田社文化事業有限公司
地　　址 ●	臺北市安和路一段112巷17號7樓
電　　話 ●	02-2755-7622
傳　　真 ●	02-2700-1887
郵政劃撥 ●	19867160號　大原文化事業有限公司
總 經 銷 ●	聯合發行股份有限公司
地　　址 ●	新北市新店區寶橋路235巷6弄6號2樓
電　　話 ●	02-2917-8022
傳　　真 ●	02-2915-6275
印　　刷 ●	上鎰數位科技印刷有限公司
法律顧問 ●	林長振法律事務所　林長振律師
初　　版 ●	2016年6月
1書+MP3 ●	新台幣299元
Ｉ Ｓ Ｂ Ｎ ●	978-986-246-053-5